ta eis heauton — marcus aurelius antoninus

명상록
–
제1판 1쇄 2005년 11월 20일
제1판 10쇄 2011년 8월 20일
제2판 1쇄 2012년 4월 20일
제3판 9쇄 2024년 10월 20일
–
지은이 마르쿠스 아우렐리우스
옮긴이 천병희
펴낸이 강규순
–
펴낸곳 도서출판 숲
등록번호 제406-2004-000118호
주소 경기도 파주시 돌곶이길 108-14
전화 (031) 944-3139 팩스 (031) 944-3039
E-mail book_soop@naver.com
–

ISBN 978-89-91290-09-9 03890
값 13,000원
–
디자인 씨디자인
–

명상록

마르쿠스 아우렐리우스

천병희

내면의 평화를 찾아가는 황제의 철학

__옮긴이 서문

마르쿠스 아우렐리우스의 생애

마르쿠스 아우렐리우스(Marcus Aurelius)는 로마 제국의 16대 황제이자 오현제의 마지막 황제이며 스토아 철학자였다. 그는 121년 4월 로마에서 마르쿠스 안니우스 베루스(Marcus Annius Verus)와 도미티아 루킬라(Domitia Lucilla)의 아들로 태어났다. 에스파냐계 가문에서 태어났지만 그의 할아버지는 세 번이나 집정관(consul)을 지냈으며, 117년 제위에 오른 하드리아누스(Hadrianus) 황제와는 인척간이었다.

처음에 그는 외가 쪽 조상의 성을 따라 마르쿠스 안니우스 카틸리우스 세베루스(Marcus Annius Catilius Severus)라 불렸으나, 131년 일찍이 성인식을 치른 후 친가 쪽 성을 따라 마르쿠스 안니우스 베루스로 개명했다. 이름이 같았던 아버지를 여덟 살 되던 해에 여의고 역시 이름이 같았던 할아버지에게 입양되어 당대 최고의 스승들에게서 최고의 교육을 받았다.

마르쿠스 아우렐리우스는 어려서부터 하드리아누스를 자주 알현하며 귀염을 받았는데 하드리아누스는 진리에 대한 탐구 정신이 강한 이 소년을 '안니우스 베리시무스'('진리를 좋아하는 안니우스'라는 뜻. verissimus는 '진실한' 또는 '진지한'이라는 뜻의 형용사 verus의 최상급)라 부르며 그의 교육에 관심을 기울였다.

136년 하드리아누스의 뜻에 따라 그는, 그해의 집정관으로서 하드리아누스의 후계자로 지명된 루키우스 케이요니우스 콤모두스(Lucius Ceionius Commodus)의 딸 케이요니아 파비아(Ceionia Fabia)와 약혼했다. 138년 케이요니우스가 죽자 하드리아누스는 마르쿠스 아우렐리우스의 고모부인 안토니누스 피우스(Antoninus Pius)를 다시 후계자로 지명하고, 그에게 케이요니우스의 아들 루키우스와 그의 사위 마르쿠스 아우렐리우스를 입양하도록 했다. 마르쿠스 아우렐리우스는 이제 마르쿠스 아일리우스 아우렐리우스 베루스 카이사르(Marcus Aelius Aurelius Verus Caesar)로 이름이 바뀌었다. 오현제 시대에는 '친자'에게 제위를 물려주지 않고, 주위에서 지켜본 유망주 가운데 가장 유능해 보이는 인물을 양아들로 입양해 황제의 후계자가 되도록 했던 것이다. 하드리아누스가 세상을 떠난 이듬해인 139년 마르쿠스 아우렐리우스는 케이요니아와 파혼하고 안토니누스 피우스의 딸로 고종사촌간인 안니아 갈레리아 파우스티나(Annia Galeria Faustina)와 약혼했다. 마르쿠스 아우렐리우스는 139년에 재정관(quaestor)으로, 140년과 145년에는 집정관으로 선출되었으며, 145년에 결혼하여 이듬해 장녀를 얻었다.

안토니누스 피우스가 다스리던 138~161년은 로마가 평화와 번영을 누리던 시기로 사방의 전선(戰線)도 비교적 안정되어 있었다. 이때 마르쿠스 아우렐리우스는 당대 최고의 학자들 밑에서 수사학, 철학, 법학, 미술 등을 공부하게 되는데, 수사학자 프론토(Fronto)에게 라틴 수사학을, 헤로데스 앗티쿠스(Herodes Atticus)에게 그리스 수사학을 배웠다. 146년부터는 스토아 철학자 루스티쿠스(Quintus Iunius Rusticus)와 에픽테토스(Epikte-tos)의 영향을 받아 주로 철학에서 지적 흥미와 정신적 자양분을 구했다.

161년 3월 안토니누스 피우스가 측근을 불러놓고 마르쿠스 아우렐리우스를 정식 후계자로 지명하고 죽은 뒤, 마르쿠스 아우렐리우스는 황제로 즉위해 180년까지 로마 제국을 통치한다. 하드리아누스의 뜻을 받들어 그는 함께 입양된 양아우 루키우스와 로마 최초의 공동 황제가 되어 대사제(大司祭 pontifex maximus)직 외에는 모든 지위와 권력을 나누어 가졌으며, 루키우스에게는 자신의 이름인 베루스를 주고 자신은 안토니누스라는 이름을 썼다.

안토니누스가 세상을 떠나자 사방의 전선에서 전쟁이 일어났다. 북쪽의 브리타니아(Britannia)와 동쪽의 파르티아(Parthia)에서 반란이 일어났고, 게르마니아 속주의 부족들과 다누비우스(Danuvius 지금의 다뉴브 강) 북쪽의 게르만족, 특히 마르코만니족과 콰디족(Quadi)이 거듭 남침을 시도했다. 전례 없는 대규모 침입이었다.

마르쿠스 아우렐리우스는 전선에서 여러 해를 보내며 격무에 시달렸다. 168년과 170~175년에는 몸소 북이탈리아와 게르마니아의 전선에서 전투를 지휘했다. 175년 속주인 이집트와 시리아 총독 아비디우스 캇시우스(Avidius Cassius)가 반란을 일으켰으나 실패하고 자신의 부하에게 죽임을 당하는데, 황후 파우스티나가 그의 애인이자 반란 공모자라는 소문이 파다했다. 오늘날의 독자는 『명상록』에서 이 사건을 암시해주는 어떤 것을 찾고자 하지만, 마르쿠스 아우렐리우스는 제1권에서 베루스에 관해서도 파우스티나에 관해서도 좋은 면만 드러내 쓰고 있다. 마르쿠스 아우렐리우스는 177년부터는 판노니아(Pannonia 지금의 헝가리)와 게르마니아 전선을 지휘했으며, 180년 3월 빈도보나(Vindobona 지금의 빈) 근처에서 병사했다.

그의 통치 기간에 발생한 또 다른 재앙은 166~167년에 퍼져나간 역병인데, 베루스 휘하의 병사들이 파르티아 전선에서 돌아오는 길에 옮겨온 것으로 생각된다. 귀환하는 로마 군단을 따라 로마 전역에 급속도로 퍼진 역병 때문에 로마 시와 그 밖의 도시에서는 시체를 나르는 수레가 줄을 이었다고 전한다.

그동안 축적해놓은 부와 제국의 진취적인 기상은 제국을 강타한 역병, 막대한 전쟁비용, 궁정의 헤픈 씀씀이, 비효율적인 관료주의, 장기적인 외교정책의 부재 등으로 점차 사그라들었다. 로마 역사상 전무후무한 안정기는 그렇게 저물고 있었다.

마르쿠스 아우렐리우스는 오현제의 마지막 황제로서 명석한 두뇌로 열심히 일한 황제라는 평가와 함께 오늘날까지 '철인(哲人) 통치자'로 존경받는다. 다만 그가 친자식인 콤모두스(재위기간 180~192년)를 후계자로 지명한 것, 제위에 오른 콤모두스가 '로마인에게 내려진 가장 극악한 저주'라 일컬어지는 폭군이 되었다는 점 그리고 그 탓에 로마가 매우 불행한 시대를 맞게 된 사실은 아쉽기 그지없다.

문학과 철학의 걸작 『명상록』

마르쿠스 아우렐리우스의 『명상록』은 당대의 작가는 물론 그의 측근조차 본 적이 없는 저술로 4세기에 들어서야 알려졌고, 적어도 그중 일부는 게르마니아 전선에서 씌어졌다.

생애의 마지막 10년 동안 그가 인생과 보편적 자연, 신들의 존재 방식에 관하여 틈틈이 그리스어로 기록해둔 이 책은 일종의 비망록이자 수상록이며, '명상록'• 이라는 제목은 후세 사람이 붙인 것이다. 필사본들에서 보이는 'ta eis heauton'('자기 자신에게'라는 뜻. 그래서 이 번역서에서는 인칭대명사인 2인칭 단수를 '당신'이나 '그대'가 아니라 '너'로 옮겼다)이라는 그리스어 제목은 마르쿠스 아우렐리우스가 붙인 것은 아닌 듯하지만 책의 내용과는 잘 어울린다.

뛰어난 스승 아래 갈고 닦은 재능을 충분히 발휘하여 수사학적이고 시적으로 씌어진 아름다운 문장들이 돋보이며, 더러는 너무 압축된 문장으로 독자의 이해를 불허하는 대목도 보인다.

• 영어로는 *The Meditations*로, 독일어로는 *Selbstbetrachtungen*('자기 성찰') 또는 *Wege zu sich selbst*('자기 자신에 이르는 길'), 프랑스어로는 *Les Pensées*('명상록' 또는 '수상록')이다. '명상록'이라는 제목은 아마도 영어 표현을 따른 것 같다. 라틴어 제목은 *Ad se ipsum*('자기 자신에게')이다.

이런 부분은 그가 자신만을 향하여, 자신만을 위하여 메모해둔 글이라는 점을 감안해 읽으면 된다. 남에게 보이고 읽히기 위한 글이 아니라 난관에 부딪혔을 때 스스로 깨우쳐 올바른 길을 찾고자 한, 개인의 치열한 고뇌와 사색의 결과물이기에 그렇다.

로마의 최고 권력자였던 카이사르가 쓴 『갈리아 원정기』와 『내전기』가 전술과 전투상황을 기록하고 있다면, 그 후 200년 이상의 시차를 두고 역시 전선에서 집필된 『명상록』이 치열한 자신과의 싸움을 기록하고 있다는 점은 자못 흥미롭다. 더이상 부러울 것 없는 로마 제국의 1인자가 양심적이며 실천적인 황제로 거듭나기 위해 끊임없이 자신을 채찍질한 자기정화의 진면목을 보여주기 때문이다.

마르쿠스 아우렐리우스가 그토록 열망했던 삶에 대한 혜안과 인생에 대한 겸손한 자세를 찾아가는 여정에서 씌어진 『명상록』에는 자신의 결함에 대한 경계, 스토아학파의 입장에서 자신에게 들려주는 충고와 반성, 귀감이 될 만한 교훈적 성격의 짤막한 경구와 인용문 그리고 신의 섭리, 인생의 무상함과 도덕적 정진과 인류에 대한 관용을 다짐하는 자세들이 세세하게 기록되어 있다. 권력보다 철학을 사랑한 철인 통치자의 웅숭깊은 육성은 오늘을 사는 우리의 삶에도 큰 울림을 안겨줄 것이다.

근대에 나온 판본들은 이 작품을 12권으로 나누고, 각 권을 다시 장(章)으로, 또 내용이 긴 장들은 다시 절로 나누었다. 이것은 하나의 생각이 어디서 시작해 어디서 끝나는지를 알려주기 위한 방편으로 보인다. 명확한 체계와 구성을 따르지 않은 데다

(날짜 구분 없이) 하루의 삶을 정리하면서 떠오른 단편적인 생각에 자신의 철학적 견해를 담았기 때문에 후세의 독자에게는 꼭 필요한 체계이다.

『명상록』 제1권은 나머지 권들과 달리 일관성 있게 기술되어 따로 씌어진 것으로 추측된다. 여기서 그는 가까운 친인척과 몇몇 개인 교사에게 자신이 얼마나 많은 것을 배우고 빚지고 있는지를 조목조목 기술하고 있기 때문이다.

나머지 권에서는 몇몇 주제가 반복되며 변주된다. 공동체의 이익을 위해 노력해야 하는 개인의 사회적 책임(제6권 제45장), 인류는 모두 세계라는 한 국가의 시민이라는 사해동포주의와 박애주의(제4권 제4장), 우주는 신의 섭리에 의해 지배되는 것이거나 원자들의 우발적인 운동에 불과할 것이라는 확신(제6권 제17장, 제8권 제39장), 우주의 질서와 장대함에 대한 찬미(제4권 제23장, 제5권 제4장), 세상사에 대한 의도적인 혐오(제8권 제24장), 우리 앞에 있던 무한한 시간과 우리 뒤에 올 무한한 시간에 견주면 우리에게 주어진 시간은 한순간에 불과하다는 인생의 무상함(제10권 제5장), 어리석은 인간들의 신념은 아무리 애써도 바꾸기 힘들다는 체념(제8권 제4장, 제9권 제29장), 위대한 인물들이라도 마침내는 잊히고 만다는 비관적 초월(제4권 제32, 제33, 제48, 제50장) 등이 그렇다.

독자는 마르쿠스 아우렐리우스가 『명상록』을 로마의 라틴어가 아닌 그리스어로 쓴 점에서 놀라움을 금치 못할 것이다. 전선에서 일과를 마친 지친 몸으로 자신의 생각을 외국어로 기록

하는 것은 아무리 외국어에 능통한 사람이라도 그다지 즐거운 일은 아니었을 것이다. 그러나 곰곰이 생각해보면 그가 그리스어를 선택한 것은 그리 놀랄 일이 아니다.

첫째, 로마의 지식인들은 어려서부터 그리스어를 배웠고, 유창하게 구사할 수 있는 사람들도 많았다. 키케로(Cicero)도 사적인 서한에 그리스 문구들을 자주 썼으며, 마르쿠스 아우렐리우스 또한 젊었을 때 스승 프론토와 그리스어로 대화를 나누고 서신을 교환할 정도였다.

둘째, 마르쿠스 아우렐리우스처럼 젊어서부터 제국의 요직에 있던 사람은 궁정을 방문하는 그리스어 사용자들, 이를테면 사절단이나 수사학에 능통한 내방객들과 접촉할 기회가 많았다. 지중해 세계에서는 여전히 그리스어가 공용어였던 것이다.

셋째, 마르쿠스 아우렐리우스는 철학적인 주제들에 관해 쓰고 있는데, 그리스어야말로 철학을 위한 언어라 하겠다. 『명상록』의 근간을 이루는 스토아 철학도 그리스 철학의 한 학파로, 에픽테토스를 포함한 주요 스토아 철학자는 그리스어로 글을 썼다(키케로 등이 그리스의 철학 용어들을 상당수 라틴어로 옮겼지만 옮기지 못했거나 옮기기 어려운 용어도 많았을 것이다). 이러한 여러 상황을 종합해보면 마르쿠스 아우렐리우스가 그리스어로 『명상록』을 쓴 것은 전혀 놀랄 일이 아니다. 19세기까지 우리나라의 이름난 학자들이 외국어인 한문으로 글을 썼던 것처럼.

인간 중심의 사상, 스토아 철학

마르쿠스 아우렐리우스의 인생관과 세계관은 헬레니즘 시대의 그리스 세계에서 발전한 주요 학파 가운데 하나인 스토아 철학에 바탕을 두고 있다. 따라서 스토아 철학에 관하여 간략하게 살펴본다면『명상록』을 이해하는 데 도움이 될 것이다.

마르쿠스 아우렐리우스는 에픽테토스, 세네카(Seneca)와 더불어 대표적인 후기 스토아 철학자로 알려져 있지만, 그의 철학은 플라톤(Platon)과 에피쿠로스(Epikouros) 철학의 요소들까지 내포하고 있다. 다양한 문명이 섞여 융합되는 가운데 원숙하고 세련된 문화와 예술을 꽃피웠던 로마인은 철학적 사고에서도 그리스적 사고방식을 받아들였다. 로마인은 철학적 사고도 자신의 필요와 성향에 맞게 수용했기에 그 사고는 절충주의적 성격을 띤다. 그리하여 마르쿠스 아우렐리우스의『명상록』은 에픽테토스, 세네카의 저술들과 더불어 로마화한 스토아 철학의 가장 중요한 자료가 되었다.

알렉산드로스 대왕이 거대 제국을 건설해나가는 과정에서 개인은 도시국가라는 자족적인 활동공간을 빼앗겼다. 스토아 철학은 이 개인들이 새로운 사회 환경에 적응해가며 마련한 여러 대응 방안 가운데 하나였다. 거대해진 제국과 상대적으로 왜소해진 개인 사이에 생겨난 불균형을 극복하기 위한 방법으로 인간을 더 중시하거나 세계를 덜 중시하는 방법이 있었다.

첫 번째 방법을 택한 것이 스토아학파이고, 두 번째 방법을 택한 것이 에피쿠로스학파이다. 에피쿠로스학파는 철저한 유물론 신봉자들로, 세계는 원자들의 우연한 결합 외에 아무것도 아니라고 믿었다. 거기에는 계획도 섭리도 없다. 신들이 존재하긴 하지만, 그들 역시 원자들의 우연한 결합일 뿐 인간과는 아무런 관계도 없다. 죽음은 서로 붙어 있던 원자들이 떨어지고 흩어지는 것일 따름이다. 인간은 고통에서 벗어나기 위해 자력으로 행복, 즉 쾌락을 추구해야 하지만 자신의 부동심(不動心 ataraxia)을 훼손할 정도로 추구해서는 안 된다. 에피쿠로스학파는 개인의 자유를 철저히 주장한 까닭에 사회의 지배계층과 다른 학파, 이를테면 플라톤의 사상을 계승한 아카데메이아학파와 스토아학파에 의해 매도되기도 했다. 후세 사람들이 에피쿠로스학파에 편견을 갖게 된 것은 이들 탓이라고 해도 과언이 아니다.

에피쿠로스학파의 우주가 무정부적이라면 스토아학파의 우주는 질서정연하다. 우주 또는 자연은 이성에 의해 지배되며, 이성은 신이나 운명 또는 섭리와 같은 것이다. 어떤 일이든 그것은 신적인 이성과 사물의 본성에 맞게 일어난다. 이런 진리를 알고 있는 현인(賢人)이 추구해야 할 일은, 무슨 일이 일어나든 기꺼이 받아들이고 꿋꿋하게 참고 견디는 것이다. 즉 '자연에 따라' 오늘의 현실을 충실하게 살아야 한다. 그 밖의 외적인 가치는 중요하지 않다. 현인은 남 보기에 가치 있어 보이는 것을 하나도 갖고 있지 않아도 행복한 반면, 왕은 아무리 많이 갖고 있어도 현인이 아닌 한 행복하지 못하다.

스토아 철학은 변화를 추구하면서도 그것을 사회개혁이 아닌 개인의 자아완성으로, 또 개인의 자아완성은 도덕적 수양으로 한정한다. 그리고 행복과 불행은 현실 자체보다 '현실에 대한 의견'이 결정하는 것으로 본다. 에피쿠로스학파가 개인의 철저한 자유를 주장한 것과 달리 스토아 철학은 개인주의적 경향을 띠면서도 공동체에 대한 봉사와 의무를 권장한다. 이 때문에 로마인들이 스토아 철학에 공감한 것이다.

대략 기원전 300년부터 기원후 200년까지 서양 철학사에 영향을 끼친 스토아 철학은, 소크라테스가 몸소 보여주었던 철인의 삶에 크게 감동한 퀴프로스 섬 키티온 시 출신 제논(Zenon)이 창시했다. 그는 기원전 311년경 아테나이로 건너가 각 학파를 두루 섭렵한 뒤 독자적인 철학을 강의했다. 학교를 건립하려 했으나 부지를 구입할 재원을 마련할 수 없었던 제논은 그곳의 아고라(agora)라는 중앙 광장에 있는 채색주랑(Stoa Poikile)에서 강의를 했다. 그리하여 그의 제자들은 스토아학파라 불리게 된 것이다.

스토아 철학의 연구대상은 논리학, 자연학, 윤리학으로 나뉘지만 차츰 윤리학이 압도적인 비중을 차지하게 된다. 이 책에서도 자주 언급되는 스토아학파의 목표는 '자연과 일치된 삶'으로, 어느 누구에 의해서도, 어떤 일에도 빼앗기지 않는 행복을 얻어내는 힘을 개인에게 부여하는 철학이었다. 이러한 사상은 태어남과 마찬가지로 죽음도 아주 당연한 일로 받아들이라고 한다. 죽음이 두려운 것은 죽음을 두렵게 생각하는 그 생각 때문이지 죽음 자체는 아니라는 것이다.

스토아 철학은 크게 세 시기로 나뉜다. 제논과 클레안테스(Kleanthes)에 이어 이론적 토대를 완성한 크뤼십포스(Chrysip-pos)가 주도했던 전기, 스토아 철학을 로마의 지식인이 받아들일 수 있도록 완벽주의적 요구를 완화하고 소요학파와 아카데메이아학파의 이론도 일부 수용한 파나이티오스(Panaitios) · 포세이도니오스(Poseidonios) · 헤카톤(Hekaton)이 이끌던 중기, 로마적 절충주의를 표방한 세네카와 에픽테토스와 마르쿠스 아우렐리우스가 주도한 후기가 그것이다.

기원후 3세기에 스토아학파는 점점 쇠퇴의 길로 접어들었다. 그러나 스토아학파의 이론을 신(新)플라톤주의와 기독교 교부(教父)들이 일부 수용함으로써 많은 서양 사상가의 삶과 철학에 지속적인 영향을 주었다.

『명상록』의 그리스어 원전을 우리말로 옮긴 것은 이 책이 처음일 것이다. 그리고 이제 두 번째 개정판을 내게 되었다. 나는 원전에 없는 것을 보태거나 원전에 있는 것을 빼지 않는 것을 원칙으로 했다. 철학적인 내용을 담고 있기에 제대로 옮겨졌는지 의심스러운 곳이 많을수록 독자에게 고통을 준다는 점을 명심하고, 되도록 다양한 문헌을 참고했다. 얼마나 성공적으로 이 작업이 이루어졌는지는 전적으로 독자들이 판단할 몫이다.

2016년 12월 10월

천병희

차례

일러두기

1 이 책은 *Marcus Aurelius Antoninus the Emperor* TO HIMSELF, edited and translated by C. R. Haines, (Loeb Classical Library) Harvard University Press 1916의 그리스어 텍스트를 번역본으로 삼았다. 현대어 번역으로는 영어판 C. R. Haines, A. S. L. Farquhason(Oxford World's Classics 1998), G. Hays (Modern Library 2003), C. S. Hicks/D. V. Hicks(Scribner 2002)와 독일어판 A. Wittstock(Philipp Reclam 1949), W. Capelle(Kröners Taschenausgabe 1973), R. Nickel(Artemis & Winkler 1998)을 참고했다.

2 그리스 이름은 그리스어로 읽었으나, 라틴어 이름은 고전 라틴어 발음을 따랐다. 몇 가지만 언급하자면, 이중모음 ae는 '아이'로, 예컨대 Caesar는 카이사르로 읽었다. i는 단어의 맨 앞에 있고 그 뒤에 모음이 따르는 경우 또는 두 모음 사이에 있는 경우 영어의 y처럼, 예컨대 Traianus는 트라이야누스로 읽었다. 그리고 같은 자음이 중복되는 경우 둘 다 읽었다. 두 개 이상의 자음이 뒤따르는 모음은 영어나 독일어에서는 대개 짧은 음절이 되는 것과 달리 그리스어와 라틴어에서는 긴 음절이 되는데, 긴 음절이 되자면 뒤따르는 자음들을 반드시 다 읽어주어야 하기 때문이다. 예를 들어 Philippos는 필립포스로 읽었다. 같은 자음이 중복될 경우 이를 된소리 ㄲ, ㄸ, ㅃ, ㅆ로 읽는 이들이 있는데 된소리는 단자음(單子音)이다.

3 대조하거나 참고하기에 편리하도록 권수와 장수를 표시하고, 여러 절로 나뉘는 장은 절 수도 표시했다.

4 본문 뒤에 찾아보기를 달아 이름을 쉽게 찾아볼 수 있도록 했다.

5 부득이하게 본문에 들어가는 부연 설명은 〔 〕 안에 넣었다.

I

1 나의 할아버지 베루스[1] 덕분에 나는 순하고 착한 마음씨를 갖게 되었다.[2]

2 나의 아버지에 대한 평판과 추억 덕분에 나는 겸손과 남자다운 기백을 갖게 되었다.

3 나의 어머니[3] 덕분에 나는 경건한 마음과 베푸는 마음, 나쁜 짓만이 아니라 나쁜 생각도 삼가는 마음과 나아가 부자들의 생활태도를 멀리하는 검소한 생활방식을 갖게 되었다.

4 나의 외증조부[4] 덕분에 나는 공공의 학교에 다니지 않고 집으로 훌륭한 선생들을 모실 수 있었고, 또 그런 일에는 돈을 아끼지 말아야 한다는 것을 알게 되었다.

5 개인교사[5] 덕분에 나는 경주에서 녹색 상의든 청색 상의[6]든, 검투 경기에서 둥근 방패든 긴 방패든 편들지 않고, 또 힘든 일을 참고 견디고, 적은 것으로 만족하고, 내 일은 내가 하고, 남의

일에 끼어들지 않고, 중상모략에 귀 기울이지 않게 되었다.

6 디오그네토스[7] 덕분에 나는 쓸데없는 일에 애쓰지 않고, 주문(呪文)이나 귀신 내쫓기 등에 관해 마술사와 사기꾼 들이 늘어놓는 말을 믿지 않고, 메추라기[8]를 길러 싸움을 붙이는 것과 같은 일에 열을 올리지 않게 되었다. 솔직한 비판을 참고 견디고, 철학과 친숙해지고, 먼저 박케이오스[9]의 말에, 다음에는 탄다시스와 마르키아누스[10]의 말에 귀를 기울였다. 어려서부터 대화편들을 쓰고, 야전 침대와 가죽 이불과 그 밖에 헬라스[11] 철학자들[12]의 생활방식에 속하는 것들을 선호하게 되었다.

7 루스티쿠스[13] 덕분에 나는 내 성격을 바로잡아 고쳐야 한다는 것을 깨달았고, 소피스트들을 흉내 내는 데 열 올리지 않고, 공허한 주제로 글 쓰지 않고, 훈계하는 말을 하지 않고, 금욕가나 박애주의자인 척하지 않고, 수사학과 시학과 교묘한 말을 멀리하고, 성장(盛裝)을 하고 집안을 산책하는 따위의 행동을 하지 않게 되었다. 루스티쿠스가 시누엣사[14]에서 내 어머니에게 쓴 편지처럼 단순한 문체로 편지를 쓰고, 자신의 행동을 취소할 뜻을 보이기만 하면 나를 화나게 하고 모욕한 자와도 당장 흔쾌히 화해하고, 책은 정독하며 읽어 피상적인 사고로 만족하지 않고, 수다쟁이들에게 성급히 동의하지 않게 되었다. 또 그 덕분에 에픽테토스[15]의 어록(語錄)을 알게 되었는데, 그는 자신이 가진 필사본을 나도 필사하도록 허락해주었다.

8 아폴로니오스[16] 덕분에 나는 자유롭게 사고하고 어떤 것도 행운에 기대지 않겠다고 결심하였다. 나는 또 이성이 아닌 것은 그 어떤 것이든 잠시라도 눈 돌리지 않고, 격심한 고통을 당하거나 자식을 여의거나 오랫동안 병을 앓아도 언제나 한결같고, 살아 있는 본보기를 통해 같은 사람이 진지하면서도 상냥할 수 있다는 것을 분명히 알게 되었다. 자신의 경험과 교습 능력을 자신의 재능 가운데 가장 하찮은 것으로 여기고 남을 가르칠 때 조급해하지 않는 사람을 그에게서 보았다. 어떻게 해야 비굴한 모습으로나 무관심한 모습으로 보이지 않으면서 그럴듯한 호의를 베푸는 친구들을 받아들일 수 있는지 알게 되었다.

9 섹스토스[17] 덕분에 나는 상냥함과, 가장이 다스리는 가정의 본보기와, 자연에 따라 사는 것이 어떤 것이며, 가식 없는 위엄과, 친구들에 대한 배려와, 문외한이나 이론적인 근거도 없이 의견을 내세우는 자들에게 베푸는 관용을 알게 되었다.

2) 그는 모든 사람과 잘 화합했기에 그와의 교제는 어떤 아첨보다도 더 즐거웠고, 그는 모든 사람에게서 최대의 존경을 받았다. 그는 또 인생에 필요한 원칙들을 적확하고 목표에 맞게 파악하고 정리할 줄 알았다.

3) 그는 분노나 다른 격정의 낌새를 드러낸 적이 없었다. 격정에서 자유로우면서도 동시에 더없이 다정다감했으며, 칭찬하되 요란을 떨지 않았고, 박식하되 과시하지 않았다.

10 문법학자 알렉산드로스[18] 덕분에 나는 남의 흠을 들추지 않게 되었다. 누가 야만적이거나 터무니없거나 불쾌한 표현을 쓰더라도 헐뜯거나 나무라지 않고, 대답이나 진술 또는 표현이 아니라 사태 자체를 공동으로 고찰하거나 그 밖의 다른 방법으로 적절히 일깨워줌으로써, 그가 사용했어야 할 올바른 표현을 재치 있게 일러주게 되었다.

11 프론토[19] 덕분에 나는 악의와 변덕과 위선이 폭군의 특징이라는 것, 우리 사이에서 귀족[20]이라고 불리는 자들은 대체로 인정머리가 없다는 것을 알게 되었다.

12 플라톤학파 철학자 알렉산드로스[21] 덕분에 나는 누군가에게 "시간이 없소"라고 불필요하게 너무 자주 말하거나 그 말을 편지에 써서는 안 되며, 급한 일이 생겼다는 핑계로 더불어 사는 사람들과의 관계에서 요구되는 의무를 소홀히 해서는 안 된다는 것을 알게 되었다.

13 카툴루스[22] 덕분에 나는 친구의 질책이 근거 없는 것이라도 귓등으로 듣지 않고 친구를 평상심으로 돌리려 하고, 도미티우스와 아테노도토스[23]에 관한 회고록에서 볼 수 있듯이 스승들을 진심으로 칭송하고, 자식들을 진정으로 사랑하게 되었다.

14 나와 형제간인 세베루스[24] 덕분에 나는 가족을 사랑하고 진리와

정의를 사랑하게 되었다. 나는 그를 통하여 트라세아[25]와 헬비디우스[26]와 카토[27]와 디온[28]과 브루투스[29]를 알게 되고, 동등한 법률이 적용되고 평등권과 언론의 자유에 기초한 국가와 특히 피지배자의 자유를 존중하는 왕정의 개념을 갖게 되었다. 그 덕분에 나는 또 철학에 대하여 지속적이고 변치 않는 존경심을 갖고, 좋은 일을 하고, 언제나 후하고, 희망을 품고, 친구들에게 사랑받고 있다고 확신하게 되었다. 세베루스는 질책받아 마땅한 자들에게도 솔직했으며, 무엇을 원하고 무엇을 원하지 않는지 친구들이 추측할 필요가 없도록 분명히 밝혔다.

15 막시무스[30] 덕분에 나는 자제력을 갖게 되고, 어떤 일에도 동요하지 않고, 어떤 상황에서도, 특히 병이 들었을 때도 쾌활할 수 있었다. 그는 상냥함과 위엄을 겸비한 원만한 성격이었고, 맡은 일을 아무 불평 없이 해냈다.

2) 모두 그가 말한 것은 그가 생각한 것이며, 그가 행한 것은 악의 없이 행한 것이라고 믿었다. 그는 놀라거나 두려워하거나, 서두르거나 주저하거나, 어쩔 줄 몰라 쩔쩔 매거나 낙담하거나, 억지웃음을 웃다가 다시 화를 내거나 의심하는 일이 결코 없었다.

3) 그는 선행을 베풀고, 너그럽게 용서하고, 정직했다. 그는 올바른 길을 가고 있다기보다는 올바른 길에서 벗어날 수 없는 사람이라는 인상을 주었다. 자신이 그에게 멸시당했다고 여기거나 감히 그보다 더 우월하다고 느끼는 사람은 아무도 없을 것이

다. 그는 또 유머가 풍부했다.

16 아버지[31] 덕분에 나는 성품이 온유해지고, 충분히 검토한 뒤에 일단 판단을 내리면 흔들림 없이 그것을 고수하게 되었다. 그분은 이른바 명예에 대해 헛된 허영심을 품지 않으셨고, 일하기를 좋아하셨다. 끈기가 있었고, 공익을 위해 무언가 제안하는 자들의 말에는 귀를 기울이셨다. 단호하게 각자의 공적에 맞는 것을 나누어주셨고, 언제 죄고 언제 늦춰야 하는지 경험으로 알고 계셨고, 소년들에 대한 사랑[32]을 억제하셨다.

2) 그분은 붙임성이 좋았고, 당신과 함께하는 식사나 여행에 동행하도록 친구들에게 강요하지 않으셨다. 급한 용무로 동참하지 못한 자들을 늘 한결같이 대하셨다. 어전회의에서 사안을 철저히 따지며 끈기를 보이셨고, 첫인상에 만족해 검토하기를 그만두는 일은 없었다. 친구들을 지킬 줄 아셨고, 친구들에게 물리지도 푹 빠지지도 않으셨다. 그분은 모든 점에서 자족하셨고, 마음이 쾌활했다. 그분은 먼 앞날을 내다보며 아주 사소한 일도 미리 대비하되 그 때문에 소란을 피우지는 않으셨다.

3) 그분은 또 당신에 대한 요란한 박수갈채와 모든 종류의 아부를 차단하셨다. 언제나 통치에 필요한 것에 주의를 기울이며 공공의 재원을 아껴 썼고, 그러한 조처에 따른 불평불만을 꾹 참아내셨다. 신들에 대해서는 미신에서 자유로웠으며, 인간들에게 호감을 사려 하거나 대중의 총아가 됨으로써 백성에게 아부하려 하지 않았고, 매사에 신중하고 굳건하였으며, 저속한 것이나 신

기한 것을 추구하지 않으셨다.

4) 행운이 생활을 편리하게 해주는 물건을 넉넉하게 대주었지만 그분은 그것들을 겸허하되 조금도 거리낌 없이 사용하였다. 있으면 당연한 듯 사용하고 없으면 요구하지 않았다. 그분더러 소피스트라든가 수다쟁이라든가 현학자라고 말하는 사람은 아무도 없었다. 오히려 사람들은 그분이 원숙하고, 온전하고, 아첨에 넘어가지 않고, 자신의 일과 남의 일을 제대로 처리할 줄 안다고 인정했다.

5) 게다가 그분은 진정한 철학자들은 존중하되, 철학자인 체하는 사람들을 비난하지 않으면서도 그들에게 끌려다니지도 않았다. 사교적이고 우아하셨지만 도가 지나치지는 않았다. 당신의 건강을 돌보되 알맞게 하셨고, 목숨에 집착하거나 멋있어 보이려 하거나 외모를 무시하는 사람처럼 하는 것이 아니라, 스스로 주의함으로써 의술이나 약이나 외적 치료가 필요한 경우는 드물었다.

6) 그분의 장점 가운데 하나는 수사학이나 법률, 관습이나 다른 분야에 특출한 재능이 있는 사람들을 시기심 없이 인정하고, 저마다 그 재능에 걸맞는 명예를 얻도록 도와주는 것이었다. 매사를 선조들의 전통에 따라 행하되 선조들의 전통을 과시한다는 인상을 주려 하지는 않으셨다.

7) 그분은 또 변화나 동요를 좋아하지 않고 같은 장소에서 같은 일을 하며 시간을 보내셨다. 발작하듯 일어난 두통이 잠잠해지면 곧 다시 원기를 회복하여 일상의 직무로 돌아가셨다. 비밀은

매우 적고 드물었는데 그나마 전적으로 국익에 관한 것이었다. 또 축제를 벌이거나 공공건물을 짓거나 백성에게 하사품을 내릴 때는 신중하고 절도 있게 하셨다. 마땅히 해야 할 일에 몰두할 뿐 업적을 통해 얻게 될 명성은 고려하지 않는 사람처럼.

8) 그분은 아무 때나 목욕을 하지 않았고, 자꾸만 새 건물을 짓는 일을 좋아하지 않았다. 미식이나 의복의 옷감과 색상이나 노예의 미색에는 관심이 없으셨다. 그분의 의복은 그분의 시골집이 있는 로리움[33]에서 가져온 것이고, 그분에게 필요한 것은 대부분 라누비움[34]이 대주었다. 투스쿨룸[35]의 징세관이 용서를 빌었을 때 그분이 그를 어떻게 대하셨는지 우리는 알고 있다.[36] 그분의 태도는 늘 그러했다.

9) 그분에게는 거칠거나 무자비하거나 몰아붙이거나, 사람들 말마따나 '식은땀나게 하는' 데가 없었다. 오히려 모든 것이 마치 여유 있는 사람이 그렇게 하는 것처럼 하나하나 계산되고, 흔들림 없고, 잘 정돈되고, 단호하고, 수미일관했다. 많은 사람이 너무 나약해서 삼갈 수 없고 일단 즐기게 되면 절제할 수 없는 것들을 소크라테스[37]는 삼갈 수도 즐길 수도 있다고 말했는데, 이 말은 그분에게도 적용될 수 있으리라. 한편으로는 참고 견딜 만큼 강하면서 다른 한편으로는 절제할 수도 있다는 것은 막시무스[38]가 병들었을 때 보여준 것과 같이 완전하고 불굴의 정신을 가진 사람의 특징이다.

17 신들 덕분에 나는 훌륭한 선조와, 훌륭한 부모, 훌륭한 누이,[39]

훌륭한 스승과 훌륭한 가솔, 친척과 친구 들을 거의 다 얻게 되었다. 신들 덕분에 나는, 기회만 있으면 능히 그들 가운데 어느 누구라도 감정을 상하게 할 수 있는 기질을 타고났는데도 그러지 않았다. 나를 시험에 들게 할 사태가 벌어지지 않은 것은 오직 신들의 은총 덕분이다.

2) 할아버지의 소실 곁에서[40] 더 오래 양육되지 않고, 청춘의 꽃을 고이 간직하며, 때 이르게 어른 노릇을 하지 않고 그 시기가 조금 더 미루어진 것도 신들 덕분이다.

3) 내가 통치자인 아버지에게 종속된 것도 신들 덕분이다. 그분은 나의 교만의 싹을 억누르고, 궁정에 살면서도 호위대나 화려한 의복이나 횃불 드는 자들이나 입상(立像) 같은 허식 없이도 지낼 수 있고, 거의 일반 백성 수준으로 자신을 제한해도 그 때문에 국가수장으로서의 직무에 위엄과 권능이 줄어드는 것은 아니라는 점을 깨우쳐주셨다.

4) 또한 나 자신을 감시해야겠다는 마음이 들도록 스스로 성품으로써 일깨워주면서도 존경심과 애정을 가지고 나를 즐겁게 해주는 아우[41]가 있고, 내 자식들[42]이 멍청하지 않고 불구가 아닌 것도 신들 덕분이다. 수사학과 시문학과 다른 학문에서 더이상 진척을 보이지 못한 것도 신들 덕분이다. 내가 거기서 큰 재능을 보였더라면 거기에 매달렸을 테니 말이다. 내가 서둘러 나의 스승들을 그들이 원하는 듯 보이는 자리에 앉히고, 그들은 아직 젊으니까 나중에 그렇게 할 것이라는 희망으로 그들을 기다리게 하지 않은 것도 신들 덕분이다. 내가 아폴로니오스와 루스티쿠

스와 막시무스를 알게 된 것도 신들 덕분이다.

5) 자연에 따르는 삶[43]이 실제로 무엇을 의미하는지 되풀이해서 또렷이 머릿속에서 그려본 것도 신들 덕분이다. 신들의 축복과 도움과 영감에 관한 한 내가 당장 자연에 따르는 삶을 사는 것을 방해하는 것은 아무것도 없으며, 아직도 여전히 그런 이상에 미치지 못해도 그것은 내가 신들의 암시, 아니 가르침을 따르지 않은 탓이다.

6) 이런 생활을 하는데도 내 몸이 그토록 오래 견뎌준 것, 베네딕타와 테오도토스[44]를 건드리지 않고 나중에 연정에 빠졌다가 건강을 회복한 것, 가끔 루스티쿠스에게 화가 났지만 거기서 나아가 나중에 후회할 짓을 하지 않은 것 모두 신들 덕분이다. 어머니[45]는 젊어서 세상을 떠날 운명이었지만 마지막 몇 년을 나와 함께 보낸 것도 신들 덕분이다.

7) 곤궁하거나 그 밖에도 도움을 필요로 하는 사람을 도와주고 싶을 때마다 그럴 여유가 없다는 말을 해본 적이 없는 것도, 남의 도움을 받아야 할 만큼의 곤경에 처해본 적이 없는 것도 신들 덕분이다. 내 아내[46]가 그토록 고분고분하고 곰살궂고 검소한 것도, 내 자식들을 위하여 유능한 스승들을 구한 것도 다 신들 덕분이다.

8) 꿈에서 여러 가지 조언, 특히 각혈과 현기증을 치료할 수 있는 조언을 구할 수 있었던 것과, 카이에타[47]에서 "그대가 사용하기 나름"[48]이라는 신탁을 들은 것도 신들 덕분이다.

철학에 심취했을 때 소피스트에게 걸려들지 않고, 한곳에 틀어

박혀 그들의 저서를 읽거나 삼단논법을 풀거나 천체의 현상을 밝히는 일에 몰두하지 않은 것도 신들 덕분이다. 이 모든 것에는 신들의 도움과 행운이 필요하기 때문이다.

그라누아[49] 강변의 콰디족[50] 마을에서 적는다.[51]

II

1 날이 새면 너 자신에게 말하라. 오늘 나는 주제넘은 사람, 배은망덕한 사람, 교만한 사람, 음흉한 사람, 시기심 많은 사람, 붙임성 없는 사람도 만나게 되겠지라고. 그들이 이런 결점을 갖게 된 것은 무엇이 나쁘고 좋은지 모르기 때문이다. 그럼에도 나는 선은 그 본성이 아름답고 악은 그 본성이 추하며, 내게 잘못을 저지르는 사람은 나와 피가 같고 출신이 같아서가 아니라 이성과 신성을 나누어 가졌기에 나와 동족이라는 것을 안다. 그런 까닭에 그들 가운데 누구도 나에게 해를 끼칠 수 없다. 아무도 나를 추악한 일로 끌어들일 수 없다. 나는 나의 동족에게 화를 내거나 동족을 미워할 수 없다. 우리는 두 발처럼, 두 손처럼, 두 눈꺼풀처럼, 위아래 치열(齒列)처럼 서로 돕기 위해 태어났기 때문이다. 따라서 서로 대립하는 것은 자연에 어긋난다. 화를 내고 등을 돌리는 것은 서로 대립하는 것이다.

2 나라는 존재는 육신과 짧은 호흡과 지배적[1] 이성에 불과하다. 책을 멀리하라.[2] 책에 끌려 옆길로 들어서지 마라. 그래서는 안 되기 때문이다. 마치 죽어가는 사람처럼 육신을 무시하라. 육신은

피와 뼈, 신경과 정맥과 동맥의 촘촘한 조직에 불과하다. 호흡이 어떤 것인지 살펴보라. 공기일 뿐이다. 그것도 늘 같은 것이 아니라 매 순간 내쉬었다가 도로 들이마시는 공기일 뿐. 세 번째는 지배적 이성이다. 이렇게 생각하라. 나는 노인이라고. 너는 지배적 이성을 더이상 노예로도, 이기적인 충동에 끌려다니는 꼭두각시로도 만들지 말고, 더는 현재의 운명을 불평하지도 다가올 운명을 슬퍼하지도 마라.

3 신들이 하는 일은 섭리로 가득 차 있다. 운명이 하는 일들도 자연 또는 섭리가 지배하는 복잡한 인과관계와 무관하지 않다. 만물은 섭리에서 흘러나온다. 섭리에는 필연과, 너도 그 일부분인 우주 전체에 유익한 것이 있다. 자연 전체가 가져다주는 것과 자연 전체를 보존하는 데 도움이 되는 것은 자연의 모든 부분에도 선하다. 우주를 보존하는 것은 원소의 변화와 원소의 합성물들의 변화이다. 너는 이런 생각에 만족하고, 이런 생각들을 원칙으로 삼도록 하라. 불평하면서 죽지 않고, 즐겁고 참되고 신들에게 감사하는 마음으로 죽음을 맞고 싶다면 책을 향한 갈증을 버려라!

4 얼마나 오랫동안 네가 이런 일들을 미루어왔으며, 얼마나 자주 신들이 네게 기회를 주었건만 이를 이용하지 않았는지 상기하라. 이제야말로 네가 그 일부분에 불과한 우주가 어떤 종류의 것이고, 네가 그 유출물(流出物)에 불과한 우주의 지배자가 어떤

분인지 알아야 할 때이다. 시간이 한정되어 있으므로 그 시간을 마음의 평정을 얻는 데 쓰지 않으면 너의 시간도, 너도 사라질 것이고, 두 번 다시 그런 기회가 오지 않으리라는 것도 알아야 한다.

5 어떤 순간에도 로마인답게, 남자답게 꾸밈없는 위엄과 자연스러운 호의와 독립심과 정의감을 갖고 의연하게 행하고, 다른 생각일랑 모두 버려라. 모든 행동을 네 인생의 마지막 행동으로 여긴다면, 온갖 무(無)목적성과 격정에 이끌려 이성적 판단으로부터 벗어나는 것과 위선과 이기심과 주어진 운명에 불만을 터뜨리는 것에서 벗어날 수 있다면, 너는 능히 그렇게 할 수 있다. 너도 보다시피 사람들은 몇 가지만 극복하면 신을 두려워하는 행복한 삶을 살 수 있지 않은가! 이런 가르침을 따르는 자에게는 신들도 더이상은 요구하지 않을 것이다.

6 혼이여, 너는 자신을 학대하고 있구나. 그러면 너는 자신을 존중할 기회를 다시는 얻지 못할 것이다. 우리 인생은 짧고, 네 인생도 거의 끝나간다. 하지만 너는 아직도 자신을 존중하지 않고 타인의 혼에서 행복을 찾는구나![3]

7 왜 밖에서 일어나는 일에 이리저리 끌려다니는가? 그럴 시간에 너 자신을 위하여 좋은 것을 더 배우고 우왕좌왕하기를 멈추어라. 그렇게 한다 해도 또 다른 실수도 유념해야 한다. 활동하느

라 삶에 지쳐 모든 충동과 생각 일반이 향할 수 있는 목표조차 없는 자들도 빈둥대기는 마찬가지이기 때문이다.

8 남의 혼 안에서 무슨 일이 일어나는지 유의하지 않는다고 해서 불행하다고 할 수는 없다. 그러나 자기 혼의 움직임을 파악하지 않는 사람은 불행할 수밖에 없다.

9 전체의 본성은 무엇이고 내 본성은 무엇이며 내 본성은 전체의 본성과 어떤 관계이고 어떤 전체의 어떤 부분인지를, 네가 그 일부인 자연에 따르는 것을 늘 행하고 말하는 것을 막을 사람은 아무도 없다는 점을 항상 명심해야 한다.

10 테오프라스토스[4]는 여러 가지 과오를 비교하면서 철학자답게 욕망에서 비롯된 과오가 분노에서 비롯된 과오보다 더 무겁다고 말했다. 화를 내는 자는 분명 어떤 고통을 느끼고 무의식적으로 위축되며 이성에 등을 돌리지만, 쾌락에 제압되어 욕망 때문에 과오를 저지르는 것은 그 과오가 어떤 면에서 더 무절제하고 남성답지 못하기 때문이다. 따라서 쾌락이 수반되는 과오는 고통이 수반되는 과오보다 더 큰 비난을 받아 마땅하다는 테오프라스토스의 주장은 정당하고 철학자답다. 요컨대 한 사람은 먼저 부당한 짓을 당하고 나서 고통을 못 이겨 화를 내는 사람과, 다른 사람은 부당한 짓을 하고자 하는 욕망에 휩쓸려 자신의 충동에 따라 자진하여 그런 짓을 저지르는 사람과 더 흡사하다.

11 당장이라도 세상을 떠날 수 있는 사람처럼 모든 것을 행하고 말하고 생각하라. 신들이 존재한다면, 사람들 곁을 떠난다는 것은 두려워할 일이 아닐지니. 신들이 너를 불행에 빠뜨리지는 않을 것이기 때문이다. 신들이 존재하지 않거나 신들이 인간사에 관심이 없다면, 신들이 없는 또는 섭리가 없는 우주에 산다는 것이 무슨 의미가 있을까? 그러나 신들은 존재하고 신들은 인간사에 관심이 있다. 그리고 신들은 인간에게 진정한 악에 빠지지 않을 능력을 주었다. 그 밖에 또 다른 악이 있다면, 그 악에 빠지지 않는 것이 저마다의 능력에 달려 있도록 신들은 거기에도 미리 대비해두었을 것이다. 어떤 것이 인간을 더 나쁘게 만들 수 없다면, 어떻게 인간의 삶을 더 나쁘게 만들 수 있을까? 보편적 자연이 무지하기 때문에, 또는 알기는 하지만 미리 대비하거나 바꿀 능력이 없기 때문에 그런 일들을 간과한다는 것은 있을 수 없다. 또 보편적 자연이 무능하거나 솜씨가 부족해서 선인과 악인에게 아무 구별 없이 똑같이 선과 악이 주어지게 하는 과오를 저지를 수는 없다. 그러나 죽음과 삶, 명성과 불명예, 고통과 쾌락, 부와 가난, 이 모든 것은 선인에게도 악인에게도 똑같이 주어지며 명예롭지도 부끄럽지도 않다. 따라서 이런 것들은 선도 아니고 악도 아니다.

12 모든 것은 얼마나 빨리 사라져버리는가! 우주에서는 육신이, 시간에서는 육신에 대한 기억이! 감각적인 모든 것, 특히 쾌락으로 우리를 유혹하거나 고통으로 겁주거나 허영으로 부풀어오르

는 것들도 그 점에서는 마찬가지이다. 그런 것들이 얼마나 싸구려이고 경멸스럽고 더럽고 덧없고 죽어 있는 것인지 깨닫는 것은 우리 이성이 할 일이다. 판단과 목소리로 명성을 얻는 자들이 실제로 어떤 자들인지, 죽는다는 것이 무엇인지 생각하는 것도 이성이 할 일이다. 이성적 분석에 따라 죽음과 관련된 인상을 모두 벗겨내고 죽음 자체를 살펴본다면 죽음은 자연의 작용 외에 아무것도 아니라는 사실을 사람들이 알게 하는 것 역시 이성이 할 일이다. 자연의 작용을 두려워하는 자는 어린애 같은 사람이다. 죽는다는 것은 자연의 작용일 뿐 아니라 자연에 유익한 것이기도 하다. 인간이 어떻게, 자신의 일부분으로 신과 접촉하며, 인간의 그 부분은 대체 어떤 성질의 것인지 생각하는 것도 이성이 할 일이다.

13 세상 만물의 주위를 맴돌고, 시인[5]의 말처럼 "지하에 있는 것들을 탐구하고" 이웃의 마음속 생각을 추측하려 하면서도, 자신 안의 신성(神性)을 가까이하며 그 신성을 진심으로 섬기면 그것으로 충분하다는 것을 깨닫지 못하는 사람처럼 불쌍한 존재는 없다. 그리고 신성을 섬긴다는 것은 그 신성을 정념과 허영, 신들과 인간들의 행위에 대한 불만에 오염되지 않게 지키는 것을 말한다. 신들에게서 비롯되는 것들은 탁월하다는 점에서 존경받아 마땅하다. 인간들에게서 비롯되는 것들은 그것들이 우리와 동류인 까닭에 사랑스럽기는 하다. 하지만 그것들이 좋은 것인지 나쁜 것인지 알 수 없기 때문에 때에 따라서는 가련하기도

하다. 좋은 것과 나쁜 것을 모르는 것은 흑백을 구별하는 능력을 상실한 것 못지않은 결함이다.

14 네가 3천 년, 아니 3만 년을 산다 해도, 아무도 지금 살고 있는 삶 외에 다른 어떤 삶을 잃지 않으며, 지금 잃어버리는 삶 외에 다른 어떤 삶을 살지 않는다는 것을 명심하라. 가장 긴 삶도 결과는 가장 짧은 삶과 마찬가지이다. 현재의 시간은 만인에게 길이가 같고, 우리가 잃는 것은 우리 것이 아니기 때문이다. 잃는 것은 분명히 순간에 불과하다. 아무도 과거나 미래를 잃을 수 없기 때문이다. 갖고 있지 않은 것을 어떻게 빼앗길 수 있겠는가? 따라서 다음 두 가지를 명심해야 한다. 첫째, 만물은 태초부터 같은 생김새로 순환하고 있으며, 누가 같은 광경을 100년, 200년 또는 영원히 보느냐 하는 것은 아무런 차이도 없다. 둘째, 가장 오래 사는 사람이나 가장 단명한 사람이나 똑같은 것을 잃는다. 가진 것이 현재뿐이라면 현재만을 빼앗길 것이고, 갖고 있지 않은 것은 잃지 않기 때문이다.

15 "만물은 그것에 대한 우리의 의견에 지나지 않는다."라고 한 견유학파[6] 철학자 모니모스[7]의 발언은 분명히 옳다. 누가 이 말의 핵심을 제대로 이해하기만 한다면 이 말의 유용함도 분명해질 것이다.

16 인간의 혼이 자신을 가장 학대하는 것은 첫째로 자기 탓으로 종

양이나 이를테면 우주의 부스럼이 될 때이다. 발생하는 어떤 사태에 화를 내는 것은, 다른 모든 사물의 본성을 자신 속에 포함하는 자연에 대한 반역이기 때문이다. 둘째로, 인간의 혼이 다른 사람에게 등을 돌리거나 성난 사람들의 혼이 그러하듯, 해칠 의도를 품고 맞설 때이다. 셋째로, 인간의 혼이 쾌락이나 고통에 제압될 때이다. 넷째로, 인간의 혼이 위장하고는 거짓으로 꾸며 무엇을 행하거나 말할 때이다. 다섯째는, 아무리 사소한 일이라도 목적과 관련이 있어야 하는데, 인간의 혼이 자신의 어떤 행위나 충동을 목적에 맞추지 않고 어떤 일을 하든 계획이나 뚜렷한 목적 없이 행동할 때이다. 이성적인 피조물의 목적은 가장 오래된 국가〔우주〕의 이성과 법규를 준수하는 것이다.

17 인간이 사는 시간은 한순간이며, 그의 실체는 유동적이고 그의 지각은 불분명하다. 인간의 육신의 요소는 모두 썩게 되어 있고, 그의 혼은 하나의 소용돌이이다. 인간의 운명은 예측할 수 없고, 그에 대한 세간의 평은 불확실하다. 즉 육신의 모든 것은 강처럼 흘러가고, 혼의 모든 것은 꿈이요 연기이다. 삶은 전쟁이자 나그네의 체류이며, 사후의 명성은 망각이다. 그렇다면 우리의 길잡이가 될 수 있는 것은 무엇인가? 오직 한 가지, 철학뿐이다. 철학은 우리 내면의 신성을 모욕과 피해에서 지켜주고, 쾌락과 고통을 다스리게 하고, 계획 없이는 어떤 일도 하지 않게 하고, 거짓과 위선을 멀리하게 하고, 남이 행하든 말든 거기에 매이지 않게 하고, 나아가 일어나거나 주어진 것을 마치 자신이

온 곳으로부터 온 것인 양 기꺼이 받아들이게 한다. 철학자는 무엇보다도 죽음을 모든 피조물을 구성하는 요소들의 해체 외에 다른 아무것도 아니라고 여기고 즐거운 마음으로 기다린다. 그런데 개개의 구성 요소가 끊임없이 다른 요소로 바뀌는 것이 구성 요소 자체에 결코 무서운 일이 아니라면, 사람들은 왜 모든 구성 요소의 변화와 해체를 불안한 눈으로 바라보는가? 그것은 자연에 따르는 것이며, 자연에 따르는 일은 나쁜 것이 없기에 하는 말이다.

카르눈툼[8]에서 적는다.

III

1 우리는 생명이 날마다 줄어들고 생명의 남은 부분이 점점 적어진다는 점만 생각할 것이 아니라, 더 오래 산다고 할 때 과연 우리의 사고력이 여전하여 능히 사물을 이해하고 신과 인간에 관한 일을 고찰을 통해 알 수 있을지도 생각해봐야 한다. 사람은 늙기 시작하면, 호흡이나 소화, 상상력이나 충동 등의 능력에는 이상이 없다. 그러나 자신을 활용하고 자신의 의무를 정확히 인식하고 눈앞의 현상을 구분하고 스스로 세상을 떠날 때가 되었는지[1] 정확히 알고, 그 밖에 특히 잘 훈련된 판단력을 필요로 하는 일을 처리하는 능력은 쇠퇴한다. 그러므로 서둘러야 한다. 우리는 매 순간 죽음에 가까워질 뿐 아니라, 사물을 이해하고 파악하는 능력이 죽기 전에 먼저 멈추기 때문이다.

2 우리는 자연적으로 발생하는 것에 수반되는 현상도 우아하고 매력적인 면이 있다는 점에 유의해야 한다. 예컨대 빵을 굽다 보면 몇 군데 균열이 생기는데, 이런 균열은 어떤 의미에서는 빵 굽는 사람이 의도한 바에는 어긋나지만 우리의 주목을 끌어 나름대로 식욕을 돋운다. 무화과는 가장 잘 익었을 때 갈라지고, 농익은

올리브도 썩기 직전에 나름대로 아름답다. 고개 숙인 이삭, 사자의 주름진 이마, 멧돼지의 입에서 흘러내리는 거품 등은 따로 떼어서 보면 아름다움과는 거리가 멀지만 자연적으로 발생하는 것에 수반되는 까닭에 그것들을 돋보이게 하고 나름대로 매력이 있다.

2) 누군가 우주 안에서 발생하는 것들을 살피는 데 감수성과 더 깊은 통찰력을 갖고 있다면, 부수 현상이라 하더라도 나름대로 전체와 아름답게 조화를 이루는 것처럼 보이지 않는 것은 거의 아무것도 없다. 그런 감수성과 통찰력이 있는 사람은 야수의 쩍 벌린 입을 보고도 화가나 조각가가 모방해놓은 것을 볼 때와 못지않은 즐거움을 느낄 것이다. 또한 노인에게서 원숙미를 보고, 아이들의 매력을 순결한 눈으로 바라볼 수 있을 것이다. 이렇게 누구에게나 설득력이 있는 것은 아니지만 자연과 자연의 작용에 친숙한 사람만이 느낄 수 있는 그런 경험은 한두 가지가 아니다.

3 힙포크라테스[2]는 많은 병자를 치유해주었지만 자신은 병이 들어 죽었다. 칼다이오이족[3]은 많은 사람의 죽음을 예언했지만, 그 뒤 운명은 그들의 목숨도 앗아갔다. 알렉산드로스[4]와 폼페이유스[5]와 가이유스 카이사르[6]는 그토록 수많은 도시를 송두리째 파괴하고 싸움터에서 무수한 기병과 보병을 베었지만 어느 날 자신들도 세상을 떠났다. 헤라클레이토스[7]는 불에 의한 우주의 파괴에 관하여 사색에 사색을 거듭하다가 몸속에 물이 가득 차서 몸에 쇠똥을 바른 채 죽었다.[8] 데모크리토스[9]는 해충인 이가

죽였고, 소크라테스는 다른 해충들[10]이 죽였다.

2) 이것은 무엇을 뜻하는가? 너는 배를 타고 바다를 건너 뭍에 닿았다. 배에서 내려라. 네가 또 다른 삶에 들어서게 된다면, 그곳이라고 하여 신들이 없지는 않을 것이다. 그러나 무감각 상태에 들어서게 된다면, 네 고통과 쾌락은 그칠 것이고, 그것을 섬기는 자보다 훨씬 열등한 그릇〔육신〕을 위하여 머슴살이하는 일도 그치게 될 것이다. 전자는 이성과 신성이고, 후자는 흙과 오물이기 때문이다.

4 공동체의 이익과 연관이 없다면 남들을 생각하느라 네 여생을 허비하지 마라. 이 사람 또는 저 사람은 무엇을 하고 있을까, 왜 그렇게 할까, 그는 무엇을 말하고 생각하고 노리는 걸까 등등과 같이 너 자신의 지배적인 이성을 가지고 가까이에서 관찰할 수 없는 그런 일들을 생각함으로써 네가 해야 하는 다른 일들을 하지 못하게 되기 때문이다.

2) 생각의 고리에서 목적이 없는 것과 무익한 것, 특히 지나친 호기심과 악의를 피해야 한다. 누가 너에게 "지금 무슨 생각을 하고 있지?" 하고 갑자기 물어도 "이것과 이것"이라고 지체 없이 대답할 수 있는 그런 일들만 생각하는 습관을 길러야 한다. 그러면 네 생각은 모두 단순하고 호의적인 사람, 공동체의 이익을 염려하는 사람에게 합당한 것이다. 쾌락, 향락, 경쟁, 시기, 의심 등 네가 마음속에 품었다고 고백하면 얼굴 붉히게 될 것에는 무관심하다는 것이 네 대답으로 즉시 드러나게 될 것이다.

3) 지금이라도 망설이지 않고 가장 선한 자들에 포함되고자 하는 자야말로 자신 안에 깃든 신성과 긴밀히 교류함으로써 신들의 사제이자 머슴이 된다. 그 신성은 인간을 쾌락에 물들지 않게 하고, 온갖 고통에 상처받지 않게 하고, 온갖 교만에서 지켜주고, 온갖 수치스러운 짓에 무감각하게 한다. 그 신성은 또 그가 어떤 정염에 나가떨어지는 일이 없도록 그를 가장 큰 싸움의 투사로 만들고, 그가 뼛속까지 정의감으로 가득 차 자기에게 일어나는 일과 자기 몫으로 할당된 일은 무엇이든 진심으로 반기고, 공동체의 이익 때문에 만부득이할 때만 아주 드물게 남이 말하고 행하고 생각하는 것을 머릿속에 그려보게 한다. 그는 오직 자신이 할 일을 행하기 위하여 활동하고, 우주가 자기에게 할당한 일만을 줄곧 생각한다. 또한 그는 자신이 할 일을 최선을 다해 실현하고, 자신에게 할당된 일을 선하다고 믿는다. 각자의 몫으로 할당된 운명은 우주 속으로 끌려들어가면서 각자를 우주 속으로 끌어들이기 때문이다.

4) 그는 또 이성적인 존재는 모두 자기와 동족이고, 만인을 보살피는 것이 인간 본성에 맞다 해도 만인이 아니라 자연에 따라서 사는 사람의 의견만을 존중해야 한다는 것을 기억한다. 그는 또 자연에 따라서 살지 않는 자들이 집과 집 밖에서, 밤에 그리고 낮에 어떻게 처신하며, 어떤 자들이 어떤 자들과 어울려 다니는지 늘 기억하고 있다. 따라서 그는 자기 마음에 들지 않는 자들의 칭찬에는 아무런 가치도 부여하지 않는다.

5 무엇을 할 때 마지못해, 공동체를 무시하고, 사전 검토 없이, 성미에 맞지 않게 행하지 마라. 네 생각을 화려하게 치장하지 마라. 수다를 늘어놓지 말고, 일을 많이 벌이지 마라. 오히려 네 안의 신이 남자답고 원숙하고 정치에 밝은 사람의, 로마인의, 맹세나 다른 사람의 증언도 필요 없이 이 세상에서 소환하는 신호를 담담하게 기다리는 사람처럼 제 위치를 지킨 통치자의 수호자가 되게 하라. 마음을 쾌활하게 하며, 밖으로부터 도움을 구하지 말고 남들이 주는 안식도 구하지 마라. 너는 스스로 똑바로 서야 하지, 똑바로 세워져서는 안 된다.

6 만약 네가 인간의 삶에서 정의와 진리와 절제와 용기보다 더 나은 것을 발견한다면, 즉 올바른 이성에 따라 행동할 수 있는 것들에서는 네 마음이 스스로에게 만족하고 네 선택과는 무관하게 너에게 할당된 것들에서는 네 마음이 네 운명에 만족하는 것보다 더 나은 무엇을 발견한다면, 단언하건대 너는 온 마음을 다해 그쪽으로 향하고 네가 발견한 최선의 것을 누려라.

2) 그러나 만약 네 개인적인 욕구를 자신에게 종속시키고 네 생각을 검토하고, 소크라테스가 말했듯이[11] 자신을 감각의 유혹에서 끌어내려 신들에게 종속시키며 인간을 우선적으로 돌보는, 네 안에 깃든 신성보다 더 나은 것이 나타나지 않는다면, 만약 그 밖의 다른 것들은 모두 그보다 더 사소하고 하찮은 것이라고 여긴다면, 어떤 것에도 자리를 내주지 마라. 일단 그쪽으로 기울면 너는 더이상 네 마음대로 네 고유한 것이자 너 자신의 것인

좋음〔善〕에 우선적으로 경의를 표할 수 없다. 이성과 공동체에 관련된 좋음을 대중의 찬사나 높은 관직이나 부나 향락 같은 이질적인 것과 대립시키는 것은 옳지 못하기 때문이다. 이런 것들은 모두 잠시 동안 우리의 삶에 적응하는 것처럼 보이다가 불시에 우리를 제압하며 휩쓸어가곤 한다.

3) 내 이르노니, 주저하지 말고 자진하여 더 나은 것을 선택해 꼭 지키도록 하라. "더 나은 것이 유리한 법이다." 이성적 존재로서의 너에게 유리하다면, 그것을 붙들어야 한다. 그러나 동물로서의 너에게 유리하다면, 그렇다고 말하고 으스대지 말고 결정에 따르라. 다만 실수 없이 잘 검토하라.

7 언젠가는 너로 하여금 신뢰를 저버리고, 체면을 잃고, 누구를 미워하거나 의심하거나 저주하고, 위선자가 되도록 강요하고, 벽과 커튼이 필요한 것을 원하게 만드는 것을 너에게 유리하다고 여기지 마라. 자신의 이성과 신성과 그것의 탁월함을 기리는 의식을 택하는 사람은 비극적인 운명을 맞이하거나 탄식하지 않을 것이며, 고독도 군중도 갈구하지 않을 것이다. 무엇보다도 그는 죽음을 추구하지도 피하지도 않으면서 살 것이다. 그는 자신의 혼이 육신의 거죽에 싸여 있는 기간이 더 길 것인가 아니면 짧을 것인가 하는 문제에는 전혀 관심이 없다. 그는 지금 당장 세상을 떠나야 한다 해도 품위를 지키며 정연하게 처리할 수 있는 다른 일을 처리하러 가는 양 담담하게 떠날 것이다. 그가 평생 동안 조심하는 것은, 오직 자신의 생각이 변하여 이성적이고

공동체적인 동물에 어울리지 않는 상태가 되지 않는 것이다.

8 절도 있고 정화된 사람의 마음속에서는 고름 같은 것이나 썩거나 곪은 상처를 발견할 수 없을 것이다. 그리고 맡은 역을 다 끝내지 못하고 막이 내리기도 전에 무대를 떠나는 배우처럼 채 완성되지 않은 그의 삶을 운명이 따라잡는 일은 없을 것이다. 게다가 그에게는 노예 같은 데가 없고 꾸민 데도 없으며, 남에게 의존하거나 남을 멀리하는 일도 없으며, 해명해야 할 것도 없고 감출 것도 없다.

9 네 판단력을 존중하라. 너의 지배적인 이성에 자연과 이성적 동물의 본성에 어긋나는 의견이 있는지 여부는 전적으로 그 판단력에 달려 있다. 판단력은 신중함과 사람에 대한 친밀감, 신들에 대한 복종을 보장한다.

10 다른 것은 다 던져버리고 이 몇 가지만 간직하도록 하라. 무엇보다도 각자는 현재라는 짧은 순간을 살고 있다는 점을 명심하라. 나머지 시간은 이미 살았거나 불확실하다. 따라서 각자가 사는 시간은 짧고, 각자가 살고 있는 대지의 구석은 좁다. 가장 길다는 사후의 명성도 짧기는 마찬가지이다. 그마저 머지않아 죽게 될 것이며, 오래전에 죽은 사람은 고사하고 자기 자신도 알지 못하는 인간들에 의해 전승되고 있다.

11 앞서 말한 원칙들에 한 가지만 덧붙이겠다. 머릿속에 떠오르는 모든 대상을 정의하고 기술하여 그 대상이 그 본질에서는, 발가 벗었을 때는, 전체로서는 그리고 부분들로서는 어떤 것인지 볼 수 있어야 한다. 그 대상의 고유한 이름과 대상을 이루며 대상을 해체할 요소들의 이름을 스스로에게 말할 수 있어야 한다.

2) 우리가 인생에서 마주치는 것을 하나하나 체계적으로 올바르게 검토하되, 항상 그것이 어떤 종류의 우주에 어떤 이익을 가져다주며, 한편으로는 우주에 대하여 어떤 가치가 있고 다른 한편으로는 다른 국가가 모두 그것의 식솔들에 불과한 가장 높은 국가의 시민인 인간에 대하여 어떤 가치가 있는지 고찰해야 한다. 그렇게 고찰하는 것만큼 마음의 도량을 키우는 데 도움이 되는 것은 없다. 그리고 지금 내 머릿속에 있는 인상을 일깨우는 것은 대체 무엇이며, 어떤 요소들로 이루어져 있으며, 그 본성에 따라 얼마나 오래 존속할 수 있으며, 그것은 내게 이를테면 온유, 용기, 진실, 성실, 소박, 자립 등등의 미덕 가운데 어떤 것을 요구하는지 분명히 알고 있는 것도 도움이 된다.

3) 우리는 매사에, 이것은 신에게서 비롯된 것이며, 이것은 운명적인 인연과 인과관계와 우연의 일치로 일어난 것이며, 저것은 또 나의 동포, 나의 친족, 나의 동료에게서 비롯되었지만 그는 무엇이 자신의 본성에 맞는지 모르고 있다고 말해야 한다. 그러나 나는 그것을 잘 알고 있다. 그래서 나는 공동체 의식이라는 자연법칙에 따라 그를 우의와 정의로써 대한다. 동시에 나는 선하지도 악하지도 않은 사물들의 가치를 올바르게 평가하려 한다.

12 올바른 이성에 따라 지금 해야 할 일을 진지하게 온 힘을 다해 호의적으로 행하고, 어떤 것도 부차적인 것으로 여기지 않고 너 자신의 신성을 마치 당장이라도 돌려주어야 할 것처럼 순결한 상태로 간직한다면, 네가 이런 원칙을 고수하며 아무것도 기대하지 않거나 아무것도 두려워하지 않고 자연에 따르는 현재의 활동과 네 말과 발언에 담긴 영웅적인 진실성에 만족한다면, 너는 행복한 삶을 살게 될 것이다. 그것을 막을 자는 아무도 없다.

13 의사들이 갑작스러운 수술에 대비해 도구와 메스를 가까이 준비해두듯이, 신에 관한 일과 인간에 관한 일을 이해하고 아무리 사소한 일이라도 이 양자 사이의 유대를 의식하고 있는 사람처럼 처리하려면 자신만의 원칙들을 마련해두어야 한다. 인간에 관한 일을 신에 관한 일과 결부시키고, 반대로 신에 관한 일을 인간사와 결부시키지 않고서는 잘 처리할 수 없기 때문이다.

14 이제 더는 헤매지 마라. 너는 네 작은 비망록도, 고대 로마인들과 헬라스인들[12]의 행적도, 노후에 읽겠다고 제쳐놓은 그들의 저술 발췌본도 읽을 시간이 없을 것이다. 그러니 목표를 향하여 서둘러라. 헛된 희망을 버리고, 자신이 염려된다면 아직 그럴 수 있을 때 너 자신을 돕도록 하라.

15 사람들은 훔친다든가, 씨 뿌린다든가, 구입한다든가, 쉰다든가, 의무를 안다든가 하는 말에 얼마나 많은 의미가 담겨 있는지 모

른다. 이것은 눈이 아니라 다른 종류의 시야로 볼 수 있기 때문이다.

16 육신, 혼, 지성. 육신에는 감각이, 혼에는 충동이, 지성에는 원칙이 포함된다. 감각에 따라 여러 인상을 받는 것은 가축 떼도 할 수 있는 일이다. 충동의 줄에 조종당하는 것은 들짐승이나 변태 성욕자들, 팔라리스[13]와 네로[14] 같은 자에게도 해당하는 일이다. 지성을 길잡이 삼아 자신의 의무라고 여기는 일로 나아가는 것은, 신을 믿지 않는 자들과 조국을 배신하는 자들과 문을 걸어 잠그고 무슨 짓이든 하는 자들도 할 수 있는 일이다.

2) 이런 것들이 모두 앞서 말한 부류들의 공통점이라면, 선한 자의 고유한 특징으로 남는 것은 자신에게 일어난 것과 자신을 위하여 운명의 베틀이 짠 것을 사랑하고 반기고, 자신의 가슴속에 자리 잡고 있는 신성을 더럽히거나 무수한 상념들로 어지럽히지 않고, 신에게 순종하고 진리에 어긋나는 말을 하지 않고 정의에 어긋나는 짓을 행하지 않음으로써 그 신성을 편안하게 간직하는 것뿐이다. 그는 자신이 소박하고 겸손하고 유쾌한 삶을 살고 있다는 것을 아무도 믿어주지 않아도 누구에게도 화내지 않으며 삶의 목표에 이르는 길에서 벗어나지 않는다. 그는 순결하게, 조용하게 떠날 각오를 하고, 자신의 운명과 사이좋게 지내며 삶의 목표에 이르러야 한다.

IV

1 우리 안에서 주인 노릇을 하는 것〔이성〕은, 자연스러운 상태에서는 일어나는 사건들에 대하여 가능한 것과 주어진 것에 언제나 쉽게 적응할 수 있게끔 대응한다. 그것은 어떤 특정한 질료를 선호하는 것이 아니라 사정이 허락하는 범위에서 높은 목적을 추구하되 자신에게 맞서는 것을 자신이 사용할 대상으로 만든다. 이는 불이 자신에게 떨어진 것들을 제압할 때와도 같다. 작은 불길은 자신에게 무언가 떨어지면 꺼져버리지만, 환한 불길은 그것들을 금세 자신에게 동화시켜 집어삼키며 그것들로 인해 더 높이 솟아오른다.

2 어떤 행동도 아무 계획 없이, 또는 기술을 완전한 것으로 만드는 원리에 따르지 않는 방법으로는 행하지 마라.

3 사람들은 시골이나 바닷가, 또는 산속에서 자신을 위한 은신처를 찾는다. 너도 무엇보다 그런 것을 그리워하는 버릇이 있다. 그러나 이것이야말로 어리석기 짝이 없는 짓이다. 너는 원하기만 하면 언제든 너 자신 속으로 은둔할 수 있기 때문이다. 인간

에게 자신의 혼보다 더 조용하고 한적한 은신처는 없다. 자신의 내면을 들여다보기만 해도 당장 더없이 마음이 편안해지는 사람에겐 특히 그러하다. 마음이 편안해진다는 것은 마음이 정리되어 있다는 뜻이다. 따라서 늘 그런 은둔의 기회를 마련해 자신을 새롭게 하라. 네 원칙들은 눈앞에 떠올리기만 해도 당장 근심을 모두 쫓아주고 네가 돌아가야 할 것들에게로 아무 불만 없이 너를 보내줄 수 있도록 짧고 근원적이어야 한다.

2) 너는 무엇이 불만인가? 인간의 사악함인가? 그렇다면 이성적인 동물들은 서로를 위하여 태어났고, 참는 것도 정의의 일부이며, 본의 아니게 인간은 과오를 저지른다는 명제를 상기하라. 이미 얼마나 많은 사람들이 서로 원수가 되어 의심하고 미워하고 싸우다가 결국에는 죽어 한 줌의 재가 되었는지 생각해보라. 이제 그런 불만은 집어치워라. 우주가 너에게 나눠준 몫이 불만스러운가? 그러면 "섭리가 아니면 원자(原子)"[1]라는 양자택일을, 우주는 일종의 국가[2]라는 증거들을 머리에 떠올려라. 아직도 육신에 관한 것들이 너를 성가시게 하는가? 그렇다면 혼은 일단 분리되어 제 권능을 알고 나면 호흡이 부드럽든 거칠든 간에 호흡과는 섞이지 않는다는 점을 생각하라. 그리고 고통과 쾌락에 관하여 네가 듣고 받아들인 모든 것을 생각해보라.

3) 거품 같은 명성이 너를 옆길로 들게 하는가? 그렇다면 모든 것이 얼마나 빨리 망각되는지, 얼마나 깊은 시간의 심연이 우리 앞에 있었고 우리 뒤에 올지, 갈채가 얼마나 공허한 것인지, 너

를 좋게 말하는 것처럼 보이는 자들이 얼마나 변덕스럽고 판단력이 부족한지, 이 모든 것이 얼마나 한정된 좁은 공간에서 일어나는지 생각해보라. 대지 전체가 하나의 점에 불과한데, 네가 살고 있는 이곳은 얼마나 작은 모퉁이[3]인가. 그러니 여기서 너에게 찬사를 보내는 자들이 있어봐야 얼마나 되겠으며, 그들은 또 어떤 자들이겠는가.

4) 그러니 앞으로는 너 자신이라는 작은 영역으로 은신할 생각을 하라. 그리고 무엇보다도 빗나가거나 긴장하지 말고 자유인이 되어 남자로서, 인간으로서, 시민[4]으로서, 죽게 마련인 동물로서 사물들을 보라. 네가 늘 가까이하며 마음에 새겨야 할 원칙에는 다음 두 가지가 있어야 한다. 첫째, 사물들은 네 혼을 장악하지 못하고 꼼짝없이 혼 바깥에 존재하는 것이므로, 불안은 오직 우리 안에 있는 의견에서 기인한다. 둘째, 네가 보고 있는 이 모든 것은 한순간에 변하여 더이상 존재하지 않을 것이다. 너 자신이 이미 얼마나 많은 변화를 경험했는지 항상 명심하라. "온 우주는 변화이고, 인생은 의견이다."[5]

4 지적 능력이 우리 모두에게 공통된 것이라면, 우리를 이성적인 존재로 만들어주는 이성도 우리에게 공통된 것이다. 그렇다면 해야 할 일과 하지 말아야 할 일을 우리에게 정해주는 이성도 공통된 것이다. 법도 공통된 것이다. 우리는 한 시민이며 한 국가 공동체의 구성원이다. 그렇다면 우주란 어떤 의미에서는 일종의 국가이다. 그도 그럴 것이 모든 인류가 그 밖에 어떤 다른 국

가 공동체의 구성원이라고 말할 수 있겠는가? 그리고 바로 이 국가 공동체에서 우리의 지적 능력과 이성과 법의식이 비롯된다. 그렇지 않다면 어디에서 비롯된단 말인가? 나에게서 흙으로 이루어진 부분은 어떤 흙에서 내게 주어진 부분이고, 물로 이루어진 부분은 다른 요소에서, 내가 쉬는 호흡은 어떤 원천에서, 따뜻하고 불로 이루어진 부분은 또 그 나름의 원천에서 비롯된 것(무로 소멸되는 것이 아무것도 없듯이 무에서 생겨나는 것은 아무것도 없기 때문이다)처럼 지적 능력도 틀림없이 어딘가에서 왔을 것이다.

5 죽음은 태어남과 같은 것이며 자연의 신비이다. 태어남이 여러 요소의 결합이라면 죽음은 그 요소들로 해체되는 것이므로, 조금도 곤혹스러워할 일이 아니다. 그것은 이성적 동물의 본성이나 그의 타고난 기질과 모순되지 않기 때문이다.

6 이러저러한 유형의 사람들은 그 본성상 필연적으로 이러저러한 행동을 하게 마련이다. 그러지 않기를 바라는 것은 무화과나무에 유즙이 생기지 않기를 바라는 것과 같다. 간단히 말해 너도 그도 곧 죽을 것이며, 얼마 뒤에는 너희 이름조차 남지 않으리라는 것을 명심하라.

7 네 의견을 버려라. 그러면 '피해를 입었다'는 느낌이 사라질 것이다. '피해를 입었다'는 느낌이 사라지면 피해도 사라질 것이다.

8 어떤 사람을 본래의 그보다 더 나쁘게 만들지 못하는 것은 그의 삶도 더 나쁘게 만들지 못하며, 밖에서도 안에서도 그에게 해를 입히지 못한다.

9 그 본성상 유익한 것은 필연적으로 유익한 일을 하게 마련이다.

10 일어나는 모든 일은 정당하게 일어난다는 점을 명심하라. 자세히 관찰해보면 너는 그것이 사실임을 알게 될 것이다. 내 말은, 그것이 순리에 맞을 뿐 아니라 정의에도 맞으며 공적에 따라 합당하게 나눠주는 사람의 행동과도 같다는 것이다. 따라서 여태까지 그랬듯이 유심히 살펴보되, 네가 무슨 일을 하든 진정한 의미에서 선한 자가 되고자 노력하며 행동하라. 매사에 선한 자가 되겠다는 이 원칙을 지켜라.

11 너를 모욕한 자가 판단하는 대로, 또는 네가 판단해주기를 누군가 바라는 대로 사물을 이해하려 하지 마라. 사물을 있는 그대로 보라.

12 다음 두 가지는 언제나 대비하고 있어야 한다. 첫째, 입법 능력이 있는 제왕다운 이성이 인류의 복리를 위하여 네게 일러주는 것만을 행하라. 둘째, 너를 바로잡아주고 그릇된 의견에서 벗어나게 해줄 사람이 가까이 있으면 네 생각을 바꾸어라. 생각을 바꿀 때는 그것이 옳고 공동체의 이익에 이바지한다는 확신에 근

거해야 한다. 반드시 그런 이유로 생각을 바꿔야 하지 그것이 즐겁고 명예로워 보이기 때문에 그래서는 안 된다.

13 "너에게 이성이 있는가?" "나에겐 이성이 있다." "그렇다면 왜 이성을 사용하지 않는가? 이성이 작동하면 더이상 무엇을 바라는가?"

14 너는 전체의 한 부분으로 들어온 것이다. 너는 너를 낳은 것 속으로 소멸할 것이다. 아니, 오히려 너는 변형되어 생식력을 가진 이성 속으로 귀속될 것이다.

15 같은 제단 위로 수많은 유향 방울들이 떨어진다. 어떤 것은 먼저 떨어지고 어떤 것은 나중에 떨어진다. 그것이 무슨 차이가 있겠는가.

16 네 원칙으로 돌아가 이성을 존중한다면, 지금 너를 야수나 원숭이로 여기는 자들은 열흘도 못 가 너를 신으로 여길 것이다.

17 천년만년 살 것처럼 행동하지 마라. 죽음이 지척에 있다. 살아 있는 동안, 할 수 있는 동안 선한 자가 되라.

18 이웃 사람이 무엇을 말하고 행하고 생각하는지에 마음 쓰지 않고, 오직 자신이 행하는 것이 올바르고 신의 마음에 들도록 마음

쓰는 사람은 얼마나 많은 여가가 생기는가. 선한 사람이라면 주위 사람들의 나쁜 성격을 둘러볼 것이 아니라, 이쪽저쪽 돌아보지 말고 목표를 향해 곧장 달려가야 한다.

19 사후의 명성을 염려하는 자는, 자신을 기억하는 사람도 모두 곧 죽고 그다음 세대도 죽을 것이며, 그러다가 마침내 자신에 대한 기억도 타올랐다 꺼져버리는 인간들에 의해 무엇이 이어지다가 완전히 꺼져버릴 것이라는 점을 생각하지 못한다. 너를 기억하는 사람들이 불멸하고, 따라서 너에 대한 기억까지 불멸한다고 한들, 그것이 도대체 너에게 무슨 의미가 있단 말인가? 죽은 자에게 찬사는 아무 가치가 없다는 것은 말할 것도 없거니와, 산 사람에게도 부차적인 이익 외에 어떤 가치가 있단 말인가? 후세 사람의 평판에 매달림으로써 자연의 선물을 소홀히 하는 것은 시의 적절하지 못하다.

20 아름다운 것은 어떤 종류건 그 자체로 아름답고, 그 자체로 완성되어 있다. 찬미는 아름다움을 이루는 성분이 아니다. 찬미를 받는다고 해서 더 나아지지도, 더 나빠지지도 않기 때문이다. 일반적으로 아름답다고 일컬어지는 것들, 이를테면 자연의 산물이나 예술작품에 대해서도 같은 말을 할 수 있다. 진실로 아름다운 것에 무엇이 필요하겠는가? 그것은 법이나 진리나 선의나 겸손만큼이나 아무것도 필요로 하지 않는다. 이 가운데 어느 것이 칭찬받는다고 아름다워지고, 비난받는다고 흉해지겠는가? 에메랄

드가 칭찬받지 못한다고 더 나빠지겠는가? 황금과 상아와 자줏빛 옷과 뤼라[6]와 단검과 꽃송이와 어린 나무는 또 어떤가?

21 혼이 계속해서 존재한다면 아득히 먼 옛날부터 대기는 모든 혼을 어떻게 수용할까? 대지는 아득히 먼 옛날부터 그 안에 묻힌 시신들을 어떻게 수용할까? 대지에서 시신이 얼마 동안 머물다가 변하여 해체되어 다른 시신에게 자리를 내주듯이, 대기 속으로 옮겨간 혼들도 얼마 동안 머물다가 변하여 흩어지거나 불이 붙어 우주의 생식력을 가진 이성 속으로 도로 받아들여짐으로써 뒤이어 그곳에 거주하게 된 혼들에게 자리를 내준다. 혼이 계속해서 존재한다고 믿는 자들에게는 이렇게 답변할 수 있다.

2) 그러나 여기서 우리는 이렇게 매장되는 시신뿐 아니라 날마다 우리 인간과 다른 동물이 먹어치우는 동물 무리도 고려해야 한다. 얼마나 많은 동물이 잡아먹혀 어떤 의미에서는 그것을 먹고 사는 것들의 육신 속에 묻히는가! 하지만 동물이 피로 변하고 공기와 불기운으로 변형됨으로써 그것들을 수용할 공간이 생기는 것이다.

3) 이 경우 진리를 탐구하는 방법은 무엇인가? 그것은 진리의 질료와 원인을 구분하는 것이다.

22 이리저리 헤매지 말고, 충동이 일 때마다 정의의 요구를 들어주고, 생각할 때마다 네가 명확히 이해하는 것에 의지하라.

23 오오, 우주여! 너와 조화를 이루는 것은 나와도 조화를 이룬다. 너에게 시의적절한 것은 나에게도 너무 이르지도, 너무 늦지도 않다. 자연이여, 너의 계절들이 가져다주는 것은 나에게도 결실이다. 만물이 너에게서 오고, 네 안에 있고, 너에게로 돌아간다. 시인은 "케크롭스의 사랑스러운 도시여!"[7]라고 노래했다. 너는 "오오, 제우스의 사랑스러운 도시여!"라고 노래하지 않겠느냐?

24 "마음의 평정을 바란다면 일을 적게 벌여라"[8]라고 데모크리토스는 말한다. 그러나 반드시 해야 할 일과 본성상 공동체적 동물인 인간의 이성이 요구하는 것을 이성이 요구하는 대로 행하는 것이 더 낫지 않겠는가? 그렇게 하면 우리는 선한 일을 벌이는 데서 오는 마음의 평정뿐 아니라, 일을 적게 벌이는 데서 오는 마음의 평정을 얻기 때문이다. 우리가 말하고 행하는 것은 십중팔구 불필요한 것이므로, 그것을 버리면 시간의 여유가 생기고 마음의 동요는 줄어들 것이다. 그러니 매사에 이것도불필요한 것 가운데 하나가 아닐까 하고 스스로에게 물어야 한다. 우리는 불필요한 행동뿐 아니라 불필요한 생각도 버려야 한다. 그렇게 하면 우리를 빗나가게 하는 행동이 뒤따르지 않기 때문이다.

25 우주로부터 주어진 자신의 운명에 만족하고 자신의 올바른 행동과 자비로운 품성에 만족하는 선한 자의 삶이 네게 맞는지 한번 살펴보라.

26 그림의 저쪽을 보았으니 이번에는 이쪽을 보라. 너 자신을 혼란에 빠뜨리지 마라. 너 자신을 단순화하라. 누가 네게 잘못을 저지른다고? 그렇다면 그는 자신에게 잘못을 저지르는 것이다. 네게 어떤 일이 일어났다고? 그건 잘된 일이다. 네게 일어나는 모든 것은 처음부터 우주가 너를 위하여 정해놓고 펼쳐놓은 것이다. 한마디로 인생은 짧다. 신중하고 올바른 행동으로 현재에서 무언가를 얻도록 하라. 정신을 맑게 하되 긴장하지 마라.

27 우주가 잘 정돈되어 있지 않다면 무질서하고 우발적인 뒤죽박죽일 것이다. 네 안에는 어떤 질서가 있는데 우주에는 질서가 없다는 것이 가능할까? 만물이 구분되고 분산되어도 서로 공감하거늘 과연 그럴 수가 있을까?

28 음험한 성격, 남자답지 못한 성격, 완고한 성격, 야수 같고, 가축 같고, 어린애 같고, 나태하고, 거짓되고, 야비하고, 장사꾼 같고, 폭군 같은 성격.

29 우주 안에 있는 것들을 모르는 자가 우주의 나그네라면, 우주 안에서 일어나는 일을 모르는 자도 그에 못지않게 나그네이다. 공동체적 이성에서 달아나는 자는 도망자이다. 이성의 눈을 감아버리는 자는 장님이다. 남에게 의존하고 삶에 필요한 모든 것을 자신 안에 갖고 있지 못한 자는 거지이다. 일어난 일에 불만을 느껴 누구에게나 공통된 자연의 이성에 등을 돌리고 물러서는

자는 우주의 부스럼[9]이다. 다름 아닌 그 이성이 일어난 일들을 일어나게 해주고 또 너를 낳았기 때문이다. 하나이자 전체인 이성적 존재들의 혼에서 자신의 혼을 떼어내는 자는 마치 국가에서 떨어져나간 팔다리에 불과하다.

30 한 사람은 키톤[10]도 입지 않고, 다른 사람은 책도 없이, 또 다른 사람은 반쯤 벌거벗은 채 철학을 한다. "나는 빵은 없지만 이성에 충실하다"고 철학자는 말한다. 나도 학문으로 생계를 유지하지 못하지만 학문에 충실하다.[11]

31 네가 익힌 얼마 안 되는 기술을 사랑하고 편안하게 자신을 맡기도록 하라. 그리고 자신의 모든 것을 충심으로 신들에게 맡기고, 자신을 어느 누구의 폭군이나 노예로 만들지 않는 사람으로 여생을 보내도록 하라.

32 베스파시아누스[12]의 치세 때를 생각해보라. 그때도 이런 자를 모두 보게 될 것이다. 결혼하고 자녀를 키우는 자들, 병든 자들, 죽어가는 자들, 전쟁하는 자들, 축제를 벌이는 자들, 장사하는 자들, 농사짓는 자들, 아첨하는 자들, 잘난 체하는 자들, 의심하는 자들, 음모를 꾸미는 자들, 누가 죽기를 비는 자들, 자신의 운명을 투덜대는 자들, 사랑하는 자들, 재물을 쌓는 자들, 집정관직을 바라는 자들, 왕위를 바라는 자들 말이다. 그러나 이제 어느 곳에서도 더이상 그들의 그러한 삶의 흔적을 찾을 수 없다.

2) 이번에는 트라이아누스[13] 치세 때로 옮겨가보라. 이번에도 똑같고, 그러한 삶 역시 흘러가고 없다. 마찬가지로 여러 시대와 모든 민족의 다른 기록들을 살펴보고, 얼마나 많은 사람이 용을 쓰다가 잠시 뒤 쓰러져 원소들로 해체되었는지 보라. 무엇보다도 네가 아는 사람 가운데 헛된 것들을 좇느라 정작 자신의 소질에 맞는 것을 행하고 거기에 몰입하고 그것으로 만족하기를 소홀히 한 자들을 머리에 떠올려보라. 여기서 한 가지 염두에 두어야 할 점은, 무엇을 행하든 그것에 쏟는 열성은 그 가치와 비례해야 한다는 것이다. 그렇게 하면 너는 사소한 일에 지나치게 몰두하지 않게 되어, 싫증이 나서 그만두는 일이 없을 것이다.

33 전에 쓰던 표현들은 지금은 옛말이 되었다. 그와 마찬가지로 전에 대단히 찬양받던 자들의 이름도 지금은 어떤 의미에서는 옛말이다. 카밀루스, 카이소, 볼레수스, 덴타투스[14]가 그렇다. 얼마 뒤에는 스키피오와 카토[15]가 그렇고, 그다음에는 아우구스투스[16]가, 그다음에는 또 하드리아누스[17]와 안토니누스[18]가 그렇다. 모든 것이 금세 사라져 옛이야기가 되고 완전히 망각된다. 여기서 나는 놀랍도록 빛을 발하던 자들에 관해 말하는 것이다. 나머지는 숨이 끊어지자마자 "보이지도, 들리지도 않기"[19] 때문이다. 영원한 사후의 명성이란 대체 무엇인가? 그야말로 아무것도 아니다. 그렇다면 우리가 열성을 쏟아야 할 것은 무엇인가? 한 가지뿐이다. 올바른 생각, 공동체에 이익이 되는 행동, 거짓을 모르는 말 그리고 일어나는 모든 일을 필연적인 것으로, 친숙

한 것으로, 우리와 같은 근원과 원천에서 흘러나온 것으로 환영하는 심성이 곧 그것이다.

34 너를 기꺼이 〔운명의 여신〕 클로토[20]에게 맡기고 네 운명의 실로 그녀가 원하는 베를 짜게 하라.

35 기억하는 것도 기억되는 것도 모두 하루살이이다.

36 만물은 변화를 통하여 태동하고 있음을 언제나 지켜보라. 보편적 자연은 존재하는 것을 변화시켜 같은 종류의 새로운 것을 만들어내기를 무엇보다도 좋아한다는 생각에 익숙해져라. 존재하는 모든 것은 어떤 의미에서는 거기서 생겨날 것의 씨앗이기 때문이다. 너는 대지나 자궁 속에 뿌려지는 씨앗만 생각하지만, 그것은 비철학적인 생각이다.

37 너는 곧 죽을 것이다. 그런데도 아직 단순하지 못하고, 담담하지도 못하고, 외부로부터 해를 입지 않을까 하는 의심에서 벗어나지 못하고, 모든 사람에게 상냥하지 못하다. 지혜와 올바른 행동을 하는 것은 같은 것이라는 것도 이해하지 못하고 있다.

38 사람들의 지배적인 이성을 면밀히 살피되, 현인들이 무엇을 피하고 무엇을 추구하는지 살펴보라.

39 네 불행은 남의 지배적인 이성에 달려 있는 것도 아니고, 네 주변 환경이 바뀌거나 변하는 데 달려 있지도 않다. 그렇다면 무엇에 달려 있는가? 악에 대한 네 판단력이 깃든 부분에 달려 있다. 이 부분이 판단을 내리지 못하게 하라. 그러면 만사가 잘될 것이다. 설령 그것과 가장 가까이에 있는 육신이 잘리고 불타고 곪고 썩더라도, 이런 것에 대하여 판단을 내리는 부분은 가만있게 하라. 곧 악인과 선인에게 똑같이 일어날 수 있는 것을 악이나 선이라고 판단하지 못하게 하라. 자연에 어긋나게 사는 사람과 자연에 따라서 사는 사람에게 똑같이 일어나는 것은 자연에 따르는 것도 아니고 자연에 어긋나는 것도 아니기 때문이다.

40 언제나 우주를 하나의 실체와 하나의 혼을 가진 하나의 생명체로 생각하라. 어떻게 만물이 우주의 하나의 지각 속으로 전달되고, 어떻게 우주가 하나의 충동으로 모든 것을 야기하고, 어떻게 존재하는 만물이 생성되는 만물의 공동의 원인인지 그리고 만물이 어떻게 서로 얽히고 짜이는지 생각해보라.

41 에픽테토스[21]가 말했듯이, "너는 시신을 짊어지고 다니는 작은 혼일 뿐이다."

42 변화하고 있는 것들에게 악한 것은 아무것도 없다. 변화의 산물로 존재하는 것들에게 선한 것은 아무것도 없듯이.[22]

43 시간은 생성되는 만물로 이루어진 강, 아니 급류이다. 무엇이든 눈에 띄자마자 휩쓸려가고, 다른 것이 떠내려오면 그것도 곧 휩쓸려갈 것이다.

44 일어나는 모든 일은 봄철의 장미나 여름철의 과일처럼 친숙하고 잘 알려진 것들이다. 병과 죽음, 중상모략과 음모, 바보들을 기쁘게 하거나 슬프게 하는 모든 것이 그와 같다.

45 후속되는 것은 선행한 것과 늘 유기적인 관계에 있다. 그것은 어쩔 수 없이 이어지지만 따로 떨어져 있는 개체들을 열거하는 것과 같은 것이 아니라, 하나의 합리적인 결합이기 때문이다. 존재하는 것들이 서로 조화롭게 결합되어 있듯, 생성되는 것은 모두 단순한 연속이 아니라 놀라운 유기적 관계를 보여준다.

46 "흙의 죽음은 물이 되고, 물의 죽음은 공기가 되고, 공기의 죽음은 불이 되며 그 역(逆)도 같다"[23]고 한 헤라클레이토스의 말을 항상 명심하라. 그리고 "자신의 길이 어디로 나 있는지 잊고 있는 사람"이라는 그의 말도 새겨두어라. 또한 "사람들은 자신들이 가장 지속적으로 접촉하는 것, 즉 우주를 관장하는 이성과 불화한다"는 말과, "사람들이 날마다 만나는 것이 그들에게는 낯설어 보인다"는 말과, 우리는 "잠든 사람처럼 행하고 말해서는 안 된다"는 말을 명심하라. 잠을 자면서도 우리는 행하고 말하는 것처럼 보이기 때문에 하는 말이다. 그리고 우리는 또 말하자

면 "그저 부모가 시키는 대로" 행동해서는 안 된다는 그의 말도 명심해야 한다.

47 어떤 신이 너에게 내일 아니면 늦어도 모레쯤에는 죽을 것이라고 말한다면, 완전한 겁쟁이가 아닌 한 내일이 됐든 모레가 됐든 개의치 않을 것이다. 그도 그럴 것이, 그 둘 사이에 무슨 큰 차이가 있겠는가? 그와 마찬가지로 네가 여러 해 뒤에 죽든 내일 죽든 그것은 큰 차이가 없는 일이라고 여겨라.

48 항상 명심하라. 얼마나 많은 의사가 환자 때문에 자주 눈살을 찌푸린 뒤 죽었으며, 얼마나 많은 점성가가 무슨 놀라운 일인 양 남의 죽음을 예언한 뒤 죽었는가. 얼마나 많은 철학자가 죽음과 불사(不死)에 관해 수없이 토론한 뒤 죽었는가. 그리고 얼마나 많은 장수가 수많은 적군을 도륙한 뒤 죽었으며, 얼마나 많은 폭군이 마치 자신은 죽지 않을 것처럼 무섭도록 오만하게 자신들의 생사여탈권을 휘두른 뒤 죽었는가. 얼마나 많은 도시가, 이를테면 헬리케[24]와 폼페이와 헤르쿨라네움[25]과 그 밖에 무수한 다른 도시가, 이런 표현을 써도 된다면 몰사했는지를.

2) 네가 알았던 사람들을 한 명씩 눈앞에 떠올려보라. 한 명은 이 사람을, 한 명은 저 사람을 묻어준 뒤 자신도 묻혔다. 그것도 잠깐 사이에. 간단히 말해, 인간사란 얼마나 덧없고 하찮은 것인가. 어제는 한 방울의 진액이었다가 내일은 미라나 재가 된다. 그러니 이 짧은 시간을 자연에 따라 보내고 나서 즐거운 마

음으로 떠나라. 올리브 열매가 다 익고 나면 낳아준 대지를 찬미하고 자신을 길러준 나무에 감사하며 떨어지듯이.

49 파도가 끊임없이 밀려와 부서지는 곶(岬)처럼 되라. 곶은 꿋꿋이 버티고 서서 주위에서 끓어오르는 바닷물을 잠재운다.

2) "이런 일이 나에게 일어나다니, 나야말로 불운하구나!" 천만에! 그렇게 말할 것이 아니라 이렇게 말하라. "나는 이런 일을 당했는데도 고통을 겪지 않았고, 현재의 불운에도 망가지지 않고 미래의 고통도 두렵지 않으니, 나야말로 행운아로구나!" 그런 일은 누구에게나 일어날 수 있지만, 그런 일을 당하고도 고통을 겪지 않는 것은 누구에게나 주어지는 것이 아니기 때문이다. 그렇다면 어째서 후자를 행운으로 여기지 않고 전자를 불운으로 여기는가? 너는 도대체 왜 인간의 본성에서 벗어나지 않는 것을 인간의 불운이라고 부르며, 인간 본성의 의지에 어긋나지 않는 것을 인간의 본성에서 벗어난다고 여기느냐? 이 의지란 무엇인가? 너는 그것을 배워 알고 있다. 너에게 일어난 일이 네가 무엇을 하거나 하지 못하게 가로막더냐? 이를테면 네가 공정하고, 고매하고, 신중하고, 현명하고, 서두르지 않고, 올곧고, 겸손하고, 자유로워지고, 그 밖에 그것만 가지면 인간의 본성이 제 사명을 완수하게 되는 다른 자질을 갖지 못하게 막더냐? 앞으로는 너에게 고통을 주는 일이 일어날 때마다 잊지 말고 다음의 원칙을 적용하라. "이것은 불운이 아니다. 이것을 용감하게 참고 견디는 것이야말로 오히려 행운이다."

50 악착같이 삶에 집착한 자들을 떠올려보는 것은 죽음을 경멸하는 데 평범하지만 효과적인 방법이다. 그들이 요절한 자들보다 무엇을 더 얻었던가? 그들도 결국 어디엔가 묻혀 있지 않은가. 카디키아누스, 파비우스, 율리아누스, 레피두스,[26] 그 밖에 이들과 비슷한 자들도 많은 사람들을 무덤으로 실어 나르고 나서 자신들도 실려 나가지 않았던가. 간단히 말해, 그 차이란 미미하다. 그나마 그들은 얼마나 많은 노고 속에서 어떤 사람들과 더불어 어떤 몸으로 끝까지 끌려갔던가. 그것을 대단하게 여기지 마라. 네 뒤의 무한한 시간과 네 앞의 무한한 시간을 보라. 무한 시간 속에서 사흘을 산 아이와 세 세대를 산 노인[27] 사이에 무슨 차이가 있겠는가?

51 항상 짧은 길로 들어서라. 자연에 따르는 길이 짧은 길인데, 그 길은 네가 가장 건전하게 말하고 행동하게 해줄 것이다. 그러면 너는 수많은 근심과의 싸움에서, 온갖 꾸밈과 가식에서 벗어날 것이다.

V

1 아침에[1] 일어나기 싫으면, '나는 인간으로서 할 일을 하기 위하여 일어난다'고 생각하라. 그 때문에 내가 태어났고, 그 때문에 내가 세상에 나온 일을 하려는데 아직도 불평을 한단 말인가? 아니면 나는 이불을 덮고 누워 몸이나 데우려고 만들어졌단 말인가? "하지만 그렇게 하는 게 즐거운걸." 그렇다면 너는 즐거움을 위하여 태어났단 말인가? 간단히 말해, 네가 태어난 것은 느끼기 위해서인가, 아니면 행동하기 위해서인가? 너는 작은 식물들이, 참새들이, 개미와 거미와 꿀벌들이 맡은 바 소임을 다하며 우주를 구성하는 데 나름대로 기여하고 있는 것이 보이지 않느냐? 하거늘 너는 인간으로서 맡은 일을 거부하고 네 본성에 맞는 것을 향해 달려가지 않겠다는 것인가? "하지만 휴식도 필요하답니다." 그야 물론이지. 그러나 휴식에도 자연은 한계를 정해놓았다. 먹고 마시는 데 한계를 정해놓듯이 말이다. 하지만 너는 그 한계를, 충분한 정도를 넘어서고 있다. 한데 행동에서는 더이상 그렇지 못하고, 네 능력에도 못 미친다.

2) 너는 너 자신을 사랑하지 않는다. 너 자신을 사랑한다면 너는 네 본성도, 네 본성의 의도도 사랑할 것이다. 자신의 기술을 사

랑하는 다른 사람들은 목욕도 않고 식사도 거르며 자기 일에 전력을 쏟는다. 하지만 네가 너 자신의 본성을 존중하는 것은, 청동 조각가가 청동상을, 무용수가 무용술을, 수전노가 돈을, 헛된 명성을 좇는 자들이 그 명성을 존중하는 것에도 미치지 못한다. 이런 자들도 자기 일에 열중할 때는 자신이 마음먹은 일이 이루어지는 것을 포기하느니 차라리 먹고 자는 것을 포기한다. 너는 공동체를 위한 행동들이 더 하찮고 노력할 만한 가치가 더 적다고 생각하는가?

2 성가시거나 혼란스러운 인상을 무시하고 말끔이 지워버리고 당장에 마음의 완전한 평정을 회복한다는 것은 얼마나 즐거운 일인가!

3 자연에 따르는 말과 행동은 무엇이든 네게 어울리는 것으로 여겨라. 남들의 비난이나 말 때문에 옆길로 끌려들지 말고, 행하거나 말해서 옳은 것이 있으면 너 자신이 그렇게 할 가치가 없다고 여기지 마라. 저들은 저들 나름대로 지배적인 이성을 갖고 있고, 자신들의 충동에 따른다. 너는 그런 것들을 둘러보지 말고, 너 자신의 본성과 보편적 자연에 따라 곧장 걸어가라. 이 두 길이 하나이다.

4 나는 자연의 길을 따라 앞으로 나아가다가 드디어 내가 날마다 숨을 들이쉬던 대기 속으로 내 마지막 숨을 내쉬리라. 그리고 거

기서 나의 아버지가 씨를, 나의 어머니가 피를, 내 유모가 젖을 모았던 대지에 쓰러지며 쉬리라. 대지는 그토록 여러 해 동안 내게 날마다 먹고 마실 것을 대주었고, 내가 짓밟고 다니며 온갖 용도로 써대는데도 나를 짊어지고 있지 않은가.

5 너는 날카로운 기지로 사람들의 감탄을 자아낼 수 없을지 모른다. 그래도 너에게는 "나는 타고나지 못했다니까요"라고 말할 수 없는 다른 자질이 많다. 그렇다면 전적으로 네 손안에 있는 그 자질들을 보여주도록 하라. 정직, 위엄, 끈기, 쾌락에 대한 혐오, 운명에 대한 만족, 자비심, 마음의 자유, 검소함, 과묵함, 고매함 말이다. 너는 재능을 타고나지 못했다든가 능력이 모자란다는 핑계를 대지 않고도 얼마나 많은 것을 보여줄 수 있는지 알지 못하겠느냐? 그런데도 너는 자진하여 낮은 수준에 머물러 있겠다는 것인가? 아니면 너는 재능을 타고나지 못했다는 핑계로 억지를 쓰며 운명을 불평하고, 쩨쩨하게 굴고, 아부하고, 네 가련한 몸을 탓하고, 잘난 체하고, 큰소리치고, 마음을 뒤흔들 참인가? 신들에 맹세코, 그리해서는 안 된다. 오히려 너는 오래전에 이런 결함들에서 벗어날 수도 있었을 것이다. 너는 이해가 느리고 아둔한 사람으로 여겨졌다 해도 이런 결점을 훈련을 통해 극복해야지, 자신의 태만을 무시하거나 즐겨서는 안 된다.

6 어떤 이는 남에게 선행을 베풀고 나서 자신에게 돌아올 보답을 미리 계산한다. 어떤 이는 계산은 하지 않더라도 마음속으로 자

신을 채권자로 여기고는 자기의 행위를 기억해둔다. 또 다른 부류는 어떤 의미에서 자기가 한 일을 의식하지 않는다. 그는 포도송이들이 열려 있으나 일단 제 열매가 맺힌 뒤에는 더이상 아무것도 요구하지 않는 포도나무와도 같다. 주로를 달린 말이나, 사냥감을 찾아낸 개나, 꿀을 모은 벌과도 같다. 그와 같이 선행을 베푼 사람도 나팔을 불지 않고 다음 선행으로 넘어간다. 제철이 되면 포도나무에 다시 포도송이들이 열리는 것처럼.

2) "그렇다면 우리는 어떤 의미에서는 자기가 무슨 일을 하는지도 모르는 채 해야 하나요?" 그렇다. "하지만 우리는 그것도 알고 있어야 해요. 왜냐하면 자신이 공동체를 위하여 행동한다는 것을 아는 것과 공동체가 그것을 알아주기를 바라는 것은 공동체적 인간의 특징이니까요." 네 말이 옳다. 그러나 너는 내 말뜻을 오해하고 있다. 너는 앞서 내가 언급했던 자들 가운데 한 명이 될 것이다. 그들도 그럴듯한 이유를 대다가 옆길로 빠졌으니 말이다. 하지만 네가 내 말뜻을 이해하려고 한다면, 그 때문에 네가 공동체를 위한 행동을 소홀히 하게 되지 않을까 두려워할 필요는 없을 것이다.

7 아테나이인들의 기도. "비를 내려주소서. 오오! 경애하는 제우스여, 아테나이인들의 경작지와 풀밭에 비를 내려주소서!" 기도는 애당초 하지 말든지 하려면 이렇게 단순하고 솔직하게 해야 한다.

8 우리는 흔히 "아스클레피오스[2]가 이러저러한 사람에게 승마 연습이나 냉수욕이나 맨발로 다닐 것을 처방했다"고 말한다. 마찬가지로 우리는 보편적 자연이 이러저러한 사람에게 질병이나 불구나 피해나 그 밖에 이와 비슷한 다른 것을 처방했다고 말할 수 있다. 전자의 경우 "그가 처방했다"는 것은 그가 이러저러한 사람에게 이러저러한 것을 건강에 유익한 것으로 지정해주었다는 뜻이고, 후자의 경우 각자에게 일어나는 것이 어떤 의미에서 그의 운명에 유익한 것으로 지정되었다는 뜻이다. 우리는 누군가에게 일어나는 일이 그에게 맞다[3]고 말하는데, 석공들도 성벽이나 피라미드를 쌓을 때 건축 규정에 의해 네모난 큰 돌들을 이어 붙이며 그것들이 "맞다"고 말한다. 전체적으로 단 하나의 조화가 존재하며, 우주가 온갖 물체가 결합함으로써 이런 조화로운 물체가 되듯, 운명도 온갖 원인이 결합함으로써 이런 조화로운 원인이 된다. 지금 내가 하는 말은 일자무식들도 이해한다. 그들도 "이것은 운명이 그에게 보낸 것이다"라고 말하기 때문이다. 그러니까 그것은 그에게 보내진 것, 다시 말해 그에게 처방된 것이다. 그러니 우리는 운명이 처방한 것을 아스클레피오스가 처방한 것처럼 받아들이자. 사실 그가 처방한 것 중에는 쓰디쓴 것도 많지만, 우리는 건강해지기를 바라며 그 처방을 받아들인다.

2) 보편적 자연이 승인한 것이 완성되고 성취되는 것을 네 건강이 그렇게 되는 것처럼 보아야 하며, 일어나는 일이 쓰라리다 싶어도 모두 반기도록 하라. 그것은 우주의 건강에, 제우스의 번

영과 복리에 이바지하기 때문이다. 그는 전체에 이익이 되지 않는다면 누구에게도 그런 일을 보내지 않을 것이다. 어떤 종류의 자연도 자신의 지배를 받는 것들에게 이롭지 않은 것을 결코 보내지 않는다.

3) 두 가지 이유에서 너는 너에게 일어나는 일에 만족해야 한다. 첫째, 그 일은 너에게 일어났고, 처방되었고, 가장 오래된 원인들로 거슬러 올라가는 운명의 실로 너와 이어져 있기 때문이다. 둘째, 우주의 지배자에게는 각자에게 개별적으로 일어나는 일도 행복과 성취, 그리고 맹세코 존속의 원인이 되기 때문이다. 네가 전체의 결합과 연결에서 부분이든 원인이든 조금만 잘라내도 전체는 불구가 된다. 한데 너는 불만이 있을 때마다 힘 닿는 대로 그것을 잘라내고 어떤 의미에서는 그것을 파괴하고 있구나.

9 매번 성공하지 못한다 해도 매사를 올바른 원칙에 따라 행하는 데 싫증 내거나 낙담하거나 포기하지 마라. 실패하면 다시 그 원칙으로 돌아가고, 네 행동이 대체로 인간 본성에 맞는다면 그것으로 만족하고, 네가 무엇을 지향하든 그것을 사랑하라. 철학으로 돌아가되 엄격한 교사를 구하듯이 철학에 접근할 것이 아니라, 눈병 환자가 해면과 달걀을, 다른 환자가 고약이나 습포를 찾듯이 접근하라. 그렇게 하면 너는 이성에 복종하는 것을 과시하지 않고도 이성에서 안식을 얻을 것이다. 그리고 철학은 네 본성이 원하는 것만을 원한다는 사실을 명심하라. 한데 너는 자연에 맞지 않는 다른 것을 원하고 있다. "그도 그럴 것이, 그보다

더 즐거운 일이 어디 있겠어요?" 그래서 즐거움이 우리를 흔들어놓는 것이 아니겠느냐? 하지만 고매함, 자유, 소박함, 남에 대한 배려, 경건함이 더 즐거운 것 아닌지 고찰해보라. 지혜보다 더 즐거운 것이 또 어디 있겠는가? 이해하고 인식하는 능력이 매사에 얼마나 확실하고 원활한지 네가 마음속에 떠올려본다면 말이다.

10 사물들은 어떤 의미에서는 가려져 있고 비범한 철학자들도 적잖이 이 사물들을 전혀 인식할 수 없는 것으로 생각했다. 스토아 철학자들조차도 사물들은 인식하기 어렵다고 생각한다. 아닌 게 아니라 감각에 대한 우리의 동의는 잘못될 수 있다. 어떤 경우에도 잘못 판단하지 않는 사람이 있을 수 있겠느냐? 이번에는 인식된 대상 자체로 시선을 돌려, 그 대상이 얼마나 덧없고 무가치한가를, 그리고 방탕한 자나 창녀나 도둑도 그 대상을 소유할 수 있다는 것을 생각해보라. 다음에는 너와 더불어 사는 사람들의 성격을 향해 눈길을 돌려보라. 사람들이 자기 자신을 간신히 참고 견디는 것은 말할 나위도 없고, 사람들 가운데 가장 상냥한 사람조차도 참고 견디기 어려울 때가 있지 않은가.

2) 이러한 어둠과 더러움 속에서 존재와 시간의, 운동과 운동하는 사물들의 거대한 급류 속에서 높이 평가하거나 진지하게 추구할 만한 것이 무엇이 있는지 나로서는 알 수가 없다. 오히려 우리가 마땅히 해야 할 일은, 자연에 따르는 해체를 담담하게 기다리며 그것이 늦어진다고 불평하지 않고 오직 다음 두 가지 생

각으로 자신을 위로하는 것이다. 한 가지는, 보편적 자연에 맞지 않는 일은 어떤 것도 내게 일어나지 않을 것이라는 생각이다. 다른 한 가지는, 나의 신과 내 안의 신성에 거역하면서 어떤 일도 하지 않을 능력이 나에게 있다는 생각이다. 그 신성에게 거역하도록 나에게 강요할 사람은 아무도 없기 때문이다.

11 "지금 나는 내 혼을 어떤 목적에 쓰고 있는가?" 매사에 그렇게 자문해보고 다음과 같이 또 자신에게 물어보라. 사람들이 지배적 이성이라고 일컫는 나의 그 부분에서는 지금 어떤 일이 일어나고 있는가? 지금 나는 누구의 혼을 갖고 있는가? 어린아이의 혼인가? 소년의 혼인가? 여자의 혼인가? 폭군의 혼인가? 가축의 혼인가? 아니면 들짐승의 혼인가?

12 대중이 좋다고 여기는 것이 어떤 것인지 다음과 같은 고찰로 알 수 있다. 지혜, 절제, 정의, 용기 같은 것을 진실로 좋은 것이라고 생각하는 사람이 있다면, 그는 이런 것들을 염두에 두고 있으므로 "좋은 것들은 너무도 많으니"[4]라는 시인의 말에 더는 귀가 솔깃하지 않을 것이다. 그 말은 맞지 않기 때문이다. 그렇지만 누가 대중에게 좋아 보이는 것들을 염두에 두고 있다면 그는 귀를 기울이며 희극시인의 말을 재치 있는 발언으로 금세 받아들일 것이다. 대중도 그런 방법으로 차이를 감지한다. 그렇지 않다면 그런 농담은 불쾌감을 주거나 품위 없는 것으로 생각되기는커녕 오히려 부와 사치나 명망을 쌓는 재물에 적용될 때는 적

절하고 재치 있는 발상으로 받아들여질 것이다. 거기서 한 걸음 더 나아가 물어보라. 우리가 마음에 떠올릴 때 "그 주인은 하도 많이 갖고 있어서 대소변을 볼[5] 자리도 없다"는 말을 적절한 표현으로 인용할 수 있는 그런 것을 존중하면서 좋은 것으로 간주해야 하는지 말이다.

13 나는 원인과 질료로 구성되어 있다. 이 중 어느 것도 무(無)에서 생성되지 않는 것처럼, 무로 소멸되지도 않을 것이다. 그리하여 나의 모든 부분은 변화에 의해 우주의 어떤 부분으로 옮겨갈 것이고, 그 부분도 우주의 다른 부분으로 변할 것이며, 이런 과정은 끊임없이 이어질 것이다. 이러한 변화에 의해 내가 생겨났고 나의 부모들도 생겨났으며, 이런 과정은 또 다른 무한으로 거슬러 올라갈 것이다. 비록 우주가 정해진 주기[6]에 따라 다스려진다 해도 이렇게 말하는 것을 가로막을 것은 아무것도 없다.

14 이성과 추론술은 그 자체로도, 그것들이 하는 일로도 자족적이다. 그것들은 고유한 원리에서 출발하여 그들 앞에 세워진 목표를 향하여 나아간다. 그래서 이성적인 행위는 올바른 행위라고 불리는데, 그 까닭은 그러한 행위는 올바른 길을 가기 때문이다.

15 인간으로서의 개인에게 속하지 않는 것이라면 그 어떤 것도 인간적인 것이라고 부르지 마라. 그런 것은 인간이 요구하는 것도, 인간의 본성이 약속하는 것도 아니다. 그런 것은 또 인간의

본성을 완성하는 것도 아니다. 따라서 그런 것에는 인간의 목표도, 그 목표에 도달하는 데 도움이 되는 것, 즉 좋음〔善〕도 들어 있지 않다. 또한 그런 것이 정말로 좋은 것이라면, 그런 것 가운데 어떤 것이 인간에게 의무로 주어질 경우 그런 것을 경멸하거나 반대하는 것은 의무가 아닐 것이다. 그런 것이 자기에게는 필요 없는 척하는 자는 칭찬받지 못하고, 그런 것 가운데 어떤 것을 절제하는 자는 선하지 못할 것이다. 한데 사실은 누군가 그런 것과 그와 비슷한 것을 자신에게 거절하거나 거절당해도 담담하게 참고 견딜수록 그는 그만큼 더 선한 자가 아닌가.

16 네 마음은 네가 자주 떠올리는 생각과 같아질 것이다. 혼은 생각에 의해 물들기 때문이다. 그러니 다음과 같은 생각들을 잇달아 떠올림으로써 혼을 물들여라. 이를테면, 사람이 살 수 있는 곳이라면 잘 살 수 있다. 궁전에서도 살 수 있으므로 궁전에서도 잘 살 수 있다. 나아가 각각의 존재가 만들어진 이유는 또한 그 존재가 만들어진 목적이며, 각각의 존재는 그것을 지향한다. 각각의 존재가 지향하는 곳에 그의 목표가 있고, 그의 목표가 있는 곳에 각각의 존재의 이익과 선이 있다. 그런데 이성적 동물의 선은 공동체이다. 우리가 공동체를 위하여 태어났다는 것은 앞서[7] 밝힌 바 있다. 아니면 열등한 존재는 우월한 존재를 위해 존재하고, 우월한 존재는 서로를 위해 존재한다는 것이 분명하지 않단 말인가? 생명체는 생명이 없는 것보다 더 우월하고, 이성이 있는 것은 생명만 있는 것보다 우월하다.

17 불가능한 것을 추구하는 것은 미친 짓이다. 그런데 사악한 자들이 사악하지 않은 짓을 한다는 것은 불가능하다.

18 어느 누구에게도 자신의 본성이 참을 수 없는 일은 결코 일어나지 않는다. 너에게 일어난 것과 똑같은 일이 다른 사람에게 일어나지만, 그 사람은 자기에게 어떤 일이 일어났는지 모르기 때문이든 자신의 대범함을 보이기 위해서이든, 꿋꿋하게 견디고 해를 입지 않는다. 그렇지만 무지와 허영심이 지혜보다 더 강하다는 것은 끔찍하지 않은가.

19 사물 자체는 결코 혼과 접촉하지 못한다. 사물은 혼으로 들어갈 길을 갖지 못하고, 혼을 바꾸거나 움직일 수 없다. 혼만이 스스로 자신을 바꾸거나 움직이며, 자신이 어떤 판단을 내리든 외부에서 다가오는 사물을 그 판단에 따라 평가한다.

20 우리가 인간에게 선행을 베풀고 인간을 참고 견뎌야 하는 한, 어떤 의미에서 인간은 우리에게 가장 친숙한 존재이다. 그렇지만 몇몇 인간이 나의 고유한 임무를 수행하는 데 방해가 된다면, 인간은 태양이나 바람이나 들짐승 못지않게 나와 무관한 것 가운데 하나이다. 그들이 어떤 의미에서 내 활동을 방해한다 해도 내 의지와 마음가짐에는 방해가 될 수 없다. 내가 마음속으로 방해를 제거하고 그 방향을 바꿔놓기 때문이다. 마음은 자신의 활동을 방해하는 모든 것의 방향을 바꿈으로써 자신의 계획을 촉진

시킨다. 그리하여 그러한 활동을 방해하려던 것이 그러한 활동에 도움이 되고, 길을 막으려던 것이 길을 열어주게 된다.

21 우주 안에 있는 것 가운데 가장 강력한 것을 존중하라. 그것은 만물을 이용하고 만물을 지배하는 것이다. 마찬가지로 네 안에 있는 것 가운데 가장 강력한 것[8]을 존중하라. 그것은 우주 안의 가장 강력한 것과 동족이다. 네 안에서도 그 강력한 것은 다른 것을 모두 이용하고, 네 삶은 그것에 지배되기 때문이다.

22 국가[9]에 해를 끼치지 못하는 것은 시민에게도 해를 끼치지 못한다. 네가 해를 입었다고 생각할 때마다, 국가가 그것에 의해 해를 입지 않는다면 나도 해를 입지 않은 것이라는 원칙을 적용하라. 그러나 국가가 해를 입으면, 국가에 해를 입힌 자에게 화내지 말고 그가 무엇을 잘못했는지 물어야 한다.

23 종종 존재하는 것들과 생성되는 것들이 얼마나 빨리 우리 앞을 지나 시야에서 사라지는지 떠올려보라. 사물들의 실체는 쉴 새 없이 흐르는 강과 같고, 그것들의 활동은 지속적으로 변한다. 그것들의 원인은 한없이 다양하고, 정지해 있는 것은 거의 아무것도 없다. 그리고 늘 모든 것이 그 안에서 사라져버리는 과거의 무한한 시간과 입을 쩍 벌린 미래의 심연이 바로 우리 곁에 있다. 그렇다면 이러한 상황에서 우쭐대거나, 마음이 산란해지거나, 상당 기간 또는 오래 지속될 고통을 당하는 것처럼 우는소리

를 하는 자야말로 바보가 아닌가?

24 네가 그것의 가장 작은 일부분에 지나지 않는 모든 실체를 생각하고, 그 가운데 짧고 순간에 불과한 기간만이 너에게 주어진 시간의 전부라고 생각하라. 그리고 운명을 생각하라. 너는 그것의 얼마나 작은 부분을 지니고 있는가?

25 다른 사람이 내게 나쁜 짓을 한다고? 그것은 그가 알아서 할 일이다. 그에게는 나름대로의 기질과 행동방식이 있다. 나는 지금 보편적 자연이 내가 갖기를 원하는 바를 갖고 있으며, 내 본성이 지금 내가 행하기를 원하는 바를 행하고 있다.

26 네 혼의 지배적이고 주도적인 부분이 네 육신 안의 원활하거나 격렬한 움직임에 휘둘리지 않게 하고, 그러한 움직임과 섞이지 않고 자신의 한계를 정하게 하라. 그러한 자극들은 그것들이 속하는 부분에 국한되게 하라. 그러나 그런 자극들이 단일한 유기체 안에서 일어날 수 있듯이 상호 공감 작용에 따라 마음속으로 파고든다면, 그때는 그 감각이 자연스러운 것인 만큼 거기에 대항하려 해서는 안 되며, 너의 지배적인 부분이 그런 것들은 악한 것이라는 둥 선한 것이라는 둥 제 의견을 덧붙이지 못하게 하라.

27 신들과 함께 살라. 자신의 혼이 자신에게 주어진 몫에 만족하고, 제우스가 자신의 분신으로 각자에게 지배자와 길라잡이로

준 신성이 원하는 것을 행하고 있음을 신들에게 늘 보여주는 자야말로 신들과 함께 사는 자다. 신성이란 바로 각자의 정신과 이성이다.

28 너는 설마 몸에서 악취가 나는 사람에게 화내지 않겠지? 설마 입에서 악취가 나는 사람에게 화내지 않겠지? 화를 낸다고 너에게 무슨 이득이 있겠는가. 그는 일단 그런 입과 겨드랑이를 가졌고, 그런 곳에서는 악취가 나게 마련이다. "하지만 그자는 이성을 갖고 있으니까, 조금만 생각해보면 자기가 어떤 점에서 남들의 기분을 상하게 하는지 알 수 있을 텐데요"라고 누군가 말하겠지. 좋은 말이다. 너는 이성을 갖고 있다. 그러니 네 이성적 성향으로 그의 이성적 성향을 움직여 그를 지적하고 타일러라. 그가 귀를 기울인다면 너는 그를 치유할 수 있으니 화낼 필요가 없다. 그러니 *비극배우나 창녀처럼 행동하지 마라.*

29 '이 세상을 떠나서는 이러저러하게 살아야지' 하고 소망하는 대로 이 세상에서도 살 수 있다. 그러나 사람들이 그러지 못하게 하면, 그때는 목숨을 버리되 너에게 어떤 불상사도 일어나지 않은 것처럼 하라. "연기가 나니, 나는 떠난다."[10] 그게 뭐 그리 대단한 일인가? 그러나 그런 일이 나를 내쫓지 않는다면 나는 자유인으로 남을 것이며, 아무도 내가 원하는 대로 하는 것을 막지 못할 것이다. 또한 나는 이성적이고 공동체적인 동물의 본성에 맞는 것을 원한다.

30 우주의 지성은 공동체적이다. 그래서 그것은 우월한 것들을 위해 열등한 것들을 만들어냈고, 우월한 것들은 협조하도록 만들어놓았다. 너도 보다시피 우주는 종속시키고, 결합시키고, 각자에게 응분의 몫을 주었으며, 탁월한 것들은 서로 화목하게 해놓았다.

31 너는 지금까지 신, 부모형제, 처자, 스승과 개인교사, 친구와 친척과 하인 들에게 어떻게 대했는가? 너는 지금까지 그들 모두에 대하여 과연 다음과 같이 말할 수 있겠는가?

누구에게도 못할 말이나 못할 짓을 한 적이 없다.[11]

또 상기해보라, 네가 얼마나 많은 것을 겪었으며, 얼마나 많은 것을 참고 견뎠는지. 그리고 네 인생의 역사는 이미 다 씌어졌으며, 네 복무(服務)[12]는 이제 끝났다는 것을. 또한 상기해보라. 네가 아름다운 것을 얼마나 많이 보았으며, 얼마나 많은 쾌락과 고통을 무시했으며, 야망을 이룰 수 있는 얼마나 많은 기회를 외면했으며, 얼마나 많은 불친절한 사람에게 친절하게 대해주었는지를.

32 왜 재주도 없고 무식한 혼들이 재주 있고 지식을 가진 혼을 당황스럽게 하는 것일까? 대체 어떤 혼이 재주 있고 지식을 가졌는가? 시작과 끝과, 모든 존재에 가득 차 있고 정해진 주기에 따라

영원토록 우주를 관장하는 이성을 알고 있는 혼이다.

33 머지않아 순식간에 너는 재나 유골이 될 것이며, 이름만, 아니 이름조차 남지 않을 것이다. 이름은 공허한 소리나 메아리에 불과하다. 살아 있는 동안 높이 평가받던 것들도 공허해지고 썩고 하찮아지며, 서로 물어뜯는 강아지들이나 금방 웃다가 금방 울음을 터뜨리는 앙살스러운 아이들과 같다. 그러나 성실과 염치와 정의와 진리는 길이 *넓은 대지에서 올림포스로*[13] 가게 될 것이다. 그렇다면 무엇이 너를 이 세상에 붙잡아두는가? 만약 감각의 대상들이 쉬이 변하고 안정성이 없다면, 우리의 감각기관들이 불확실하고 쉬이 오도된다면, 가련한 혼 자체가 피의 증기에 지나지 않는다면, 그런 자들 사이에서 명성을 얻는 것이 무의미한 일이라면 말이다. 그러면 어떻게 해야 하는가. 소멸이 됐든 이주가 됐든 담담하게 기다려야 한다. 하지만 그때가 올 때까지 어떻게 하면 만족스럽겠는가? 신들을 공경하고 찬양하는 것, 사람들에게 선행을 베푸는 것, 사람들을 '참고 견디거나' '멀리하는 것'말고 또 무엇이 있겠는가. 그러나 이 가련한 육신과 호흡의 영역 안에 있는 것은 그 어떤 것도 네 것이 아니며 너에게 달려 있지 않다는 점을 명심하라.

34 네가 올바른 길을 가고 올바르게 생각하고 행동할 수 있다면, 행복하게 지내는 것은 언제나 네 힘에 달려 있다. 다음 두 가지는 신과 인간, 그리고 모든 이성적 동물의 혼에 공통된 특징이다.

남에게 방해를 받지 않는 것, 올바른 성품과 행동에서 선을 발견하고 자신의 욕망을 올바른 것 안에 한정하는 것.

35 그 일이 나의 악덕이 아니고 나의 악덕으로 야기된 것도 아니고 공동체에 해를 입히는 것도 아니라면, 왜 나는 그것 때문에 흥분하는가? 대체 공동체[14]가 그것 때문에 어떤 해를 입는단 말인가?

36 감각적 인상에 휩쓸리지 말고, 네 능력껏 사리에 맞게 사람을 도와라. 그들이 선악과 무관한 일에서 손해를 봤다면 그것을 큰 손해로 여기지 마라. 그것은 나쁜 습관이기 때문이다. 이 경우 너는, 떠나가며 그것이 팽이에 지나지 않는 줄 알면서도 양자의 팽이를 돌려달라고 요구하는 노인처럼 행동하라.[15] 그러지 않으면 연단 위에서 소리 지르는 꼴이 될 것이다.[16] 인간이여, 그게 무슨 뜻인지 잊었는가? "알고 있지요. 하지만 저들에게는 그게 중요하니까요." 그래서 너도 바보가 되겠다는 것인가?

2) 한때 나는 어디에 버려져도[17] 운 좋은 사람이었다. '운 좋은 사람'이란 스스로에게 좋은 운을 가져다준 사람이고, 좋은 운이란 혼의 좋은 성향, 좋은 충동, 좋은 행동이다.

VI

1 보편적 실체는 고분고분하고 바꾸기가 쉽다. 또한 그 실체를 관장하는 이성에는 악을 행할 이유가 내포되어 있지 않다. 이성은 악의가 없고, 악을 행하지 않으며, 그 어떤 것도 이성에 의해 해를 입지 않기 때문이다. 만물은 이성에 따라 생성되고 완성된다.

2 네 의무를 수행할 때는 춥든 따뜻하든, 졸리든 푹 잤든, 욕을 듣든 칭찬을 듣든, 죽어가든 그 밖의 다른 행위를 하든 개의치 마라. 죽는 것도 삶의 행위 가운데 하나이기[1] 때문이다. 따라서 죽을 때도 눈앞의 과제를 잘 처리하면 그것으로 충분하다.

3 내면을 보라. 어떤 사물이든 그 특질과 가치를 간과하지 마라.

4 존재하는 모든 실체는 곧 변화하고, 만약 보편적 실체가 하나라면 증기로 발산되거나 아니면 원자들로 분해될 것이다.

5 우주를 지배하는 이성은 자신의 성향이 어떠하며, 자신이 무엇을 하고 있으며, 어떤 질료에 작용하고 있는지 알고 있다.

6 복수를 하는 가장 좋은 방법은 네 적처럼 하지 않는 것이다.

7 항상 신을 생각하며 공동체적인 행동에서 또 다른 공동체적인 행동으로 나아가는 것, 이 한 가지를 낙으로 삼고 거기서 안식을 얻도록 하라.

8 혼의 지배적인 부분은 스스로를 깨우고, 스스로를 적응시키고, 스스로를 자신이 원하는 것으로 만들고, 세상에 일어나는 모든 일이 자신이 원하는 대로 자신에게 보이게 한다.

9 각각의 사물이 완성되는 것은 보편적 자연을 따르는 것이지 밖에서 그 사물을 에워싸거나, 그 사물들 안에 내포되거나, 그 사물의 외부에 딸린 다른 본성을 따르는 것이 아니다.

10 우주는 뒤범벅과 원자들의 결합과 그것들의 해체이거나, 아니면 통일과 질서와 섭리이다. 전자의 경우라면, 그런 무계획적인 뒤범벅과 뒤죽박죽 안에 머무르기를 바랄 까닭이 어디 있겠는가? 내가 어떻게든 다시 "흙이 되는 것"[2] 말고 다른 무엇에 관심이 있겠는가? 내가 안절부절못할 까닭이 어디 있겠는가? 무슨 일을 하든 나는 결국에는 분해되고 말 텐데. 후자의 경우라면 나는 편안한 마음으로 우주의 지배자를 공경하고 신뢰할 것이다.

11 주위 환경 때문에 어쩔 수 없이 마음이 어지러워지면 재빨리 네

자신 속으로 되돌아가고, 필요 이상으로 허둥대지 마라. 끊임없이 자신 속으로 되돌아감으로써 너는 마음의 조화를 더 쉽게 얻을 수 있을 것이다.

12 너에게 계모도 있고 생모도 있다면, 너는 계모를 보살피겠지만, 그래도 자꾸만 생모에게 되돌아갈 것이다. 지금 너에게 궁정과 철학이 그런 경우이다. 그러니 자주 철학으로 돌아가 안식을 얻도록 하라. 철학 덕분에 너는 궁정 생활도 견딜 만해 보이고, 궁궐에서도 너를 견딜 만한 사람으로 볼 것이다.

13 맛 좋은 요리나 그와 비슷한 다른 음식을 보고는 이것은 물고기의 사체이고 이것은 새나 돼지의 사체라고 생각하고, 팔레르누스[3]산(産) 포도주를 보고는 이것은 포도송이의 액즙에 불과하다고 생각하고, 자포(紫袍)를 보고는 이것은 조개의 피에 담갔던 양모에 불과하다고 생각하고, 성교(性交)라는 것도 장기의 마찰과 진액의 발작적인 분비라고 생각하는 것은 얼마나 멋진 발상인가. 그런 생각은 사물의 본질과 핵심을 건드려 그 사물이 참으로 어떤 것인지 보게 해준다. 너도 평생 동안 이와 같은 방법으로써, 사물이 너무 믿음직해 보이거든 옷을 벗겨서 그것의 무가치함을 꿰뚫어보고 그것이 뻐기는 후광을 걷어내야 한다. 가식은 무서운 사기꾼이다. 그리고 네가 진지한 것을 상대하고 있다고 굳게 믿을 때 가장 현혹되기 쉽다. 그러니 크라테스가 크세노크라테스에 관하여 한 말[4]을 생각하라.

14 대중이 찬탄하는 것은 대부분 돌이나 목재나 무화과나무나 포도나무나 올리브나무처럼 자연적 응집력으로 결합되어 있는 가장 일반적인 것에 속한다. 좀 더 나은 자들은 소 떼나 양 떼처럼 혼으로 결합되어 있는 것에 찬탄을 보낸다. 한층 더 세련된 자들은 이성적 혼으로 결합되어 있는 것들을 찬탄해 마지않는다. 여기서 이성적이란 보편적 이성의 일부로서가 아니라 어떤 기술을 가진 자나 어떤 측면의 전문가라는 의미, 또는 단순히 노예를 많이 소유하고 있다는 의미이다. 그러나 이성적이고 보편적이고 공동체적인 혼을 존중하는 자는 더이상 다른 일에는 관심이 없고, 무엇보다 자신의 혼이 이성적이고 공동체적인 자세와 활동을 견지하고 자신과 같은 부류인 자와 그런 목적을 위해 협력하는 데 관심이 있다.

15 어떤 것은 생성되기 위해 서두르고, 어떤 것은 생성되었다가 소멸되었으며, 생성되고 있는 것들도 일부는 이미 소멸되었다. 흐름과 변화가 우주를 쉴 새 없이 새롭게 하는데, 대체 무엇을 높이 평가해야 한단 말인가? 시간의 부단한 진행이 끝없는 세월을 언제나 새롭게 하듯이 버티고 설 수도 없는 이 변화의 강물 속을 줄달음쳐 지나가고 있으니. 그것은 날아가는 참새에게 마음을 빼앗기는 것과 같다. 참새는 벌써 시야에서 사라졌는데 말이다. 각자의 삶은 그러한 것, 말하자면 피의 발산과 공기의 흡입과도 같다. 우리가 매 순간 그러하듯 공기를 한번 들이마셨다가 내쉬는 것이나, 네가 엊그제 태어나면서 받은 호흡 능력 전체를 네가 처음으

로 그것을 낚아챘던 곳으로 돌려주는 것이나 같기 때문이다.

16 식물처럼 숨을 내쉬는 것도, 가축 떼나 들짐승처럼 숨을 들이쉬는 것도 존중할 만한 것이 못 된다. 감각을 통하여 인상을 받는 것도, 충동에 조종당하는 것도, 군서(群棲) 본능도, 음식물을 섭취하는 것도 존중할 만한 것이 못 된다. 그것은 음식물 찌꺼기를 배설하는 것만큼이나 존중할 만한 것이 못 된다.

2) 그렇다면 존중할 만한 것은 무엇인가? 박수 받는 것? 아니다. 혀로 박수 받는 것도 아니다. 대중의 갈채는 혀로 박수하는 것이기에 하는 말이다. 그래서 너는 명성이라는 하찮은 것조차 버렸다. 그렇다면 존중할 만한 것으로서 무엇이 남아 있는가? 내 생각에는 자신의 고유한 소질에 따라 활동하고 다른 활동은 자제하는 것이다. 그것은 궁극적으로 모든 직업과 기술이 추구하는 목표이다. 모든 기술은 제품이 제작될 때의 기능을 수행하는 것을 목표로 삼기 때문이다. 포도나무를 돌보는 농부나 망아지 조련사나 개 조련사도 이러한 목표를 추구한다. 이것은 어린 아이를 훈육하고 교육하는 목표이기도 하다. 그렇다면 그것은 존중할 만한 것이다.

3) 그것이 잘되어간다면, 너는 자신을 위해 다른 아무것도 구하려 하지 않을 것이다. 너는 다른 많은 것에 가치를 부여하는 일을 그만두지 않을 것인가? 그렇다면 너는 자유롭지도, 자족하지도, 담담하지도 못할 것이다. 너는 필연적으로 너에게서 그런 것들을 빼앗아갈 수 있는 자들을 시기하고 질투하고 의심할 것

이고, 네가 부러워하는 것을 가진 자들을 모함할 수밖에 없기 때문이다. 간단히 말하면, 그중 한 가지라도 부족한 자는 안절부절못하게 마련이고, 거기서 한 걸음 나아가 많은 경우 신들조차 비난하게 마련이다. 그러나 네 소질을 존경하고 존중한다면, 너는 자신을 자신에게는 상냥하게, 이웃들에게는 사이좋게, 신들에게는 순응하게, 말하자면 신들이 나누고 규정해놓은 모든 것을 찬양할 것이다.

17 원소들은 위아래로 움직이고 빙글빙글 돌기도 한다. 그러나 미덕의 움직임은 그중 어느 것도 아니다. 그것은 더 신성한 것이며, 신비스러운 길로 순조롭게 앞으로 나아간다.

18 이 얼마나 이상한 행동인가. 사람들은 자신과 더불어 사는 동시대 사람을 칭찬하려고 하지는 않으면서, 자기가 본 적도 없고 보지도 못할 후세 사람에게 칭찬받는 것은 높이 평가한다. 그러나 이는 조상이 너에 관하여 칭찬의 말을 하지 않았다고 슬퍼하는 것과 다를 바 없다.

19 너에게 어떤 일이 어렵다고 해서 인간에게 불가능한 일이라고 여길 것이 아니라, 그것이 인간에게 가능하고 인간의 본성에 맞는 일이라면 너도 틀림없이 해낼 수 있다고 생각하라.

20 경기장에서 어떤 사람이 우리를 손톱으로 할퀴고 머리로 받았다

고 하자. 우리는 이를 나무라거나 못마땅히 여기거나 나중에 그가 음모를 꾸밀 것이라고 의심하지 않는다. 우리는 경계하는 눈으로 살피되, 그를 적으로 여기거나 의심하는 것이 아니라 말없이 조용히 피할 뿐이다. 인생의 다른 상황에서도 이렇게 처신하는 것이 필요하다. 우리의 경기 상대자들의 많은 부분을 너그럽게 보아주자. 앞서 말했듯이, 의심하거나 미워하지 않고 그냥 피할 능력이 있기 때문이다.

21 내 의도나 행동이 옳지 못하다고 누가 입증하고 깨우쳐주면 기꺼이 고칠 것이다. 나는 진리를 추구하는데, 진리 때문에 해를 입은 사람은 지금까지 아무도 없기 때문이다. 그러나 자기기만과 무지에 집착하는 자는 해를 입는다.

22 나는 내 의무를 수행한다. 다른 것에는 일절 관심이 없다. 다른 것은 생명 없는 것이거나, 비이성적인 것이거나, 길을 잃고 헤매거나 길을 모르는 것들이기 때문이다.

23 이성 없는 동물과 사물과 대상 일반을 관대하고 너그럽게 대하라. 너는 이성이 있지만 그것들은 이성이 없으니 말이다. 그러나 인간은 우애로 대하라. 인간은 이성이 있기 때문이다. 또한 매사에 신들에게 도움을 청하되, 얼마나 오랫동안 기도해야 할지 신경 쓰지 마라. 세 시간이면 충분하다.

24 마케도니아의 알렉산드로스나 그의 마부나 죽은 뒤에는 같은 처지가 되었다. 두 사람 모두 똑같이 우주의 생식력이 있는 이성으로 환원되었거나 아니면 원자들로 해체되었다.

25 같은 순간에 우리 각자에게 육신과 혼에 관계되는 일들이 얼마나 많이 일어나는지 생각해보라. 그러면 우리가 우주라고 부르는 하나이자 전체인 것 안에서는 훨씬 많은 일이, 아니 모든 일이 동시에 발생한다 해도 너는 놀라지 않을 것이다.

26 "안토니누스라는 이름을 어떻게 쓰느냐?"고 네게 묻는 사람이 있다면, 한 자 한 자 일러주기 위해 목청껏 고함을 지르지는 않겠지? 어떤가, 상대방이 성을 낸다고 너도 성을 낼 것인가? 너는 점잖게 한 자 한 자 불러주지 않겠는가? 그와 같이 이 세상에서의 모든 의무도 특정한 부분들로 이루어져 있음을 명심하라. 이런 부분에 유의하면서, 흥분하거나 남들이 성을 낸다고 너도 덩달아 성내지 말고 네게 부과된 일을 올바른 방법으로 수행하라.

27 자기 본성에 맞고 유익해 보이는 것들을 추구하지 못하게 사람들을 가로막는 것은 얼마나 가혹한 일인가! 사람들이 실수를 저지른다고 네가 화를 낸다면, 너는 어떤 의미에서 사람들에게 그렇게 하는 것을 허용하지 않는 것이다. 사람들은 분명 자신의 본성에 맞고 자신에게 유익해 보이는 것에 끌렸을 것이다. "하지만 사실은 그런 것이 아니오." 그렇다면 화내지 말고 그들에게

가르쳐주고 지적해주어라.

28 죽음이란 감각을 통한 인상과 우리를 꼭두각시로 만드는 충동, 마음의 방황과 육신에 대한 봉사로부터의 해방이다.

29 인생에서 아직 육신이 굴복하지 않고 있는데 혼이 먼저 굴복하는 것은 치욕이다.

30 황제 티를 내거나 궁정 생활에 물들지 않도록 조심하라. 그러기가 쉽기에 하는 말이다. 늘 소박하고, 선하고, 순수하고, 진지하고, 가식 없고, 정의를 사랑하고, 신을 두려워하고, 자비롭고, 상냥하고, 맡은 바 의무에 대하여 용감한 사람이 되도록 하라. 철학이 만들려고 했던 그런 사람으로 남도록 노력하라. 신들을 공경하고, 사람들을 구하라. 인생은 짧다. 지상의 삶에서 맺는 유일한 결실은 경건한 성품과 공동체를 위한 행동이다. 2) 매사를 안토니누스[5]의 제자답게 처리하라. 이성의 판단에 따라 모든 행동을 통제한 그분의 끈기, 매사에 한결같은 그분의 태도, 그분의 경건함과 평온한 표정, 그분의 자애로움과 허명에 대한 경멸, 사건을 제대로 파악하려는 그분의 열성을 생각하라. 또한 그분은 우선 면밀히 검토하여 명확히 알기 전에는 어떤 것도 포기하지 않았고, 부당하게 당신을 비난하는 자들을 도로 비난하는 일 없이 참아냈고, 결코 서두르는 일이 없었고, 중상모략에 귀를 기울이지 않았다. 그분은 자신의 성격과 행동을 꼼꼼

히 검토하였고, 남을 비난하려 하지 않았다. 소심하지도, 의심하지도 않았고, 궤변가도 아니었다. 숙소든 잠자리든 의복이든 음식이든 시종이든 아주 소박한 것으로 만족했으며, 노고를 달가워하며 얼마나 참을성이 많았던가. 그분은 간소한 식사 덕분에 온종일 일을 계속할 수 있었고, 정해진 시간이 아니면 용변의 필요를 느끼지 않았다. 그분은 친구들에게 믿음직했고 늘 한결같았다. 그분은 또 공공연히 당신의 견해에 반대하는 자들을 용납하였고, 누가 더 나은 것을 지적해주면 기뻐하였다. 그분은 신을 두려워했으나 미신에 빠지지는 않았다. 네 임종이 닥쳤을 때 네가 그분처럼 마음이 떳떳하려면 이 모든 것을 명심하라.

31 잠에서 다시 깨어나 정신을 차려라. 다시 깨어나 너를 괴롭히던 것이 한갓 꿈이었다는 것을 알았으니, 이번에는 깨어 있는 상태에서 여기 이 현실을 한갓 꿈이라고 여기도록 하라.

32 나는 육체와 혼으로 이루어졌다. 육신에게는 만물이 선하지도 악하지도 않다. 육신은 구별할 능력이 없기 때문이다. 혼에게는 자신의 활동 영역에 속하지 않는 것만이 선하지도 악하지도 않다. 혼의 활동 영역에 속하는 것은 모두 혼의 지배를 받는다. 하지만 혼은 그중에서도 현재와만 관계가 있다. 혼에게는 이미 자신의 미래 활동과 과거 활동이 똑같이 선하지도 악하지도 않기 때문이다.

33 발이 할 일을 발이 하고 손이 할 일을 손이 하는 한, 손이나 발이 하는 어떤 일도 자연에 어긋나지 않는다. 마찬가지로 인간이 인간으로서의 의무를 다하는 한, 인간으로서의 인간이 하는 어떤 일도 자연에 어긋나지 않는다. 그런데 인간이 하는 일이 자연에 어긋나는 것이 아니라면, 그 노고는 인간에게 악도 아니다.

34 강도와 성도착자, 아버지를 죽인 자, 폭군 들은 얼마나 많은 쾌락을 즐겼던가.[6]

35 평범한 기술자가 어느 정도까지는 문외한의 요구에 부응하면서도 자신의 기술의 원리에 매달려 어떤 상황에서도 그 원리에서 벗어나려 하지 않는 것을 보지 않느냐? 인간이 신들과 공유하고 있는 이성이라는 자신의 원리를 존중하는 것보다 건축가나 의사가 자신의 기술의 원리를 더 존중한다면 이는 이상한 일이 아니겠는가?

36 아시아나 에우로페[7]는 우주의 구석이다. 바다 전체는 우주의 한 점 물방울이며, 아토스[8] 산은 우주의 한 줌 흙덩이이며, 모든 현재 시간은 영원 속의 작은 한 점이다. 만물은 아주 작으며, 쉬이 변하고, 금세 사라진다.

2) 만물은 저 공통된 지배적 원리에서 비롯되며, 그 원리에서 직접 유래하거나 그 원리의 부수 현상으로 나타난다. 따라서 사자의 쩍 벌린 입이나 독이나 가시나 늪지처럼 유해한 것은 모두 저

장엄하고 아름다운 것들의 부수 현상이다. 그러니 그런 현상들이 네가 공경하는 것과 무관하다고 여기지 말고, 만물의 근원을 생각하라.

37 현존하는 것을 보는 사람은 태곳적부터 일어난 모든 것과 영원토록 존재하게 될 모든 것을 본 것이다. 만물은 종류도 같고 형상도 같기 때문이다.

38 우주 안의 만물이 서로 연계되어 있고 서로 의존하고 있음을 자주 생각해보라. 어떤 의미에서 만물은 서로 얽혀 있고, 그래서 서로 호감을 품는다. 수축과 팽창 운동, 공감 능력, 실체의 통일성으로 인하여 만물은 서로가 서로의 결과인 까닭이다.

39 네 몫으로 주어진 사물들에 적응하고, 운명이 네게 정해준 사람들을 진심으로 사랑하라.

40 도구나 연장이나 용기는 그것이 만들어진 용도를 수행하면 잘된 것이고, 이때 그것을 만든 사람은 참견하지 않는다. 그러나 자연에 힘입어 유기적 통일을 이루는 사물들 속에는 그것을 만든 힘이 있으며 그 사물들과 함께한다. 그러므로 너는 그 힘을 더 존중해야 한다. 만약 그 힘의 의지에 따라 처신하며 그 의지에 부합하는 삶을 살아간다면, 만사가 너의 뜻대로 되고 있다고 생각해야 한다. 그와 마찬가지로 우주에서도 우주의 사물들은 우

주의 정신에 따른다.

41 네 마음대로 어찌할 수 없는 것 가운데 어떤 것을 너에게 좋은것이나 나쁜 것으로 여긴다면, 나쁜 것이 닥치거나 좋은 것을 상실할 때 너는 필시 신을 원망할 것이다. 또한 좋은 것을 상실하거나 나쁜 것이 닥친 것에 책임이 있거나 책임이 있다고 의심되는 자들을 증오할 것이다. 우리는 그런 것들에 가치를 부여함으로써 많은 불의를 자행한다. 그러나 우리가 마음대로 할 수 있는 것만을 좋은 것이나 나쁜 것으로 판단한다면, 그때는 신을 탓하거나 인간을 적대시할 이유가 전혀 없으리라.

42 우리는 모두 하나의 목적을 달성하기 위하여 서로 협력하고 있는데, 더러는 알면서 의식적으로 그렇게 하고, 더러는 모르고서 그렇게 한다. 생각건대, 헤라클레이토스가 그런 의미에서 "잠자는 자들도 우주에서 일어나고 있는 현상들의 일꾼이며 협력자이다"[9]라고 말한 것 같다. 각자가 서로 다른 방법으로 협력하며, 일어나는 일들을 헐뜯거나 방해하거나 제거하려고 하는 자도 적잖이 협력한다. 우주는 그런 자도 필요로 하기 때문이다. 따라서 어떤 자들과 함께할 것인지 결정하는 것은 네 몫이다. 우주를 관장하는 그분은 어떤 상황에서도 너를 잘 이용할 것이며, 자신의 협력자들과 조력자들 사이에 네 자리를 정해줄 것이다. 그러나 너는 크뤼십포스가 언급하는, 드라마에서의 저속하고 가소로운 시행[10]과 같은 자리를 차지하지 않도록 조심하라.

43 태양이 비가 할 일을 하겠다고 하는가? 아스클레피오스가 결실의 여신[11]이 할 일을 하겠다고 하는가? 각각의 별은 어떤가? 별들은 서로 다르지만 하나의 목적을 위하여 협력하지 않는가?

44 신들이 나에 대하여, 그리고 나에게 일어날 일에 대하여 어떤 결정을 내렸다면, 그것은 최선의 결정이다. 지혜 없는 신이란 상상조차 할 수 없기 때문이다. 무슨 이유로 신들이 나에게 해를 입히려 하겠는가? 그렇게 한다고 신들에게, 그리고 신들이 각별히 보살피는 우주에 무슨 이득이 되겠는가? 그러나 신들이 나에 대하여 따로 결정을 내리지 않았더라도 아무튼 우주에 대해서는 결정을 내린 것이고, 그러한 결정의 부수 현상으로서 내게 일어나는 일들을 나는 마땅히 반기고 포용해야 한다. 그러나 신들이 어떤 것에 대해서도 결정을 내리지 않는다면(이를 믿는 것은 불경한 일이지만), 더는 제물도 바치지 말고, 기도도 맹세도 하지 말고, 그 밖에 신들이 우리 곁에서 우리와 함께 산다고 믿고서 행하는 그 어떤 것도 하지 말자. 신들이 정말로 우리와 관계되는 어떤 일에 대해서도 결정을 내리지 않더라도 나는 나 자신에 대하여 결정을 내릴 수 있고, 나에게 유익한 것을 숙고할 수 있다. 누구에게나 자신의 소질과 본성에 맞는 것은 유익한 법이다. 그러나 내 본성은 이성적이고 공동체적이다. 나의 도시와 나의 조국은 안토니누스로서의 나에게는 로마이고, 인간으로서의 나에게는 우주이다. 따라서 이들 공동체에 유익한 것들만이 나에게는 선이다.

45 우리 각자에게 일어나는 모든 일은 전체에게도 유익하다. 그것으로도 충분하다. 그러나 유심히 살펴보면, 한 개인에게 유익한 것은 다른 사람들에게도 유익하다는 것을 보편적인 규칙으로 인정하게 되리라. 여기서 '유익하다'는 말은 선하지도 악하지도 않은 가치중립적 사물들에 적용될 때처럼 더욱 보편적인 의미로 받아들여야 한다.

46 원형극장이나 그와 같은 장소에서 열리는 공연들이 똑같은 광경을 매번 되풀이하는 탓에 싫증이 나고 단조로워서 구경 가는 것이 싫어지듯이, 인생 전체를 놓고 볼 때도 마찬가지이다. 위아래로나 모든 것이 언제나 똑같고, 똑같은 것들에서 비롯되기 때문이다. 언제까지 그럴 것인가?

47 온갖 부류의, 온갖 직업의, 온갖 민족의 사람들이 이미 죽었다는 사실을 늘 명심하라. 그리고 마음속으로 필리스티온과 포이보스와 오리가니온[12]에게까지 내려가보라. 이번에는 다른 부류의 사람들에게로 옮겨가보라. 우리는 또 놀라운 웅변가들, 헤라클레이토스와 퓌타고라스와 소크라테스 같은 존엄한 철학자들, 이전의 그토록 많은 영웅들, 훗날의 그토록 많은 장군과 참주들이 머무르는 곳으로 가야 한다. 그들 외에도 에우독소스[13]와 힙파르코스[14]와 아르키메데스[15]와 그 밖의 다른 날카롭고 고매하고 끈기 있고 재주 있고 교만한 자들, 메닙포스[16]와 그의 무리처럼 무상하고 하루살이 같은 인생 자체를 조롱하던 자들이 있는 곳

으로 가야 한다. 이들 모두가 벌써 오래전에 무덤 속에 누워 있다는 것을 명심하라. 한데 그것이 이들에게 그리고 이름조차 알려져 있지 않은 자들에게 뭐가 그리 끔찍한 일이란 말인가? 이 세상에서 단 한 가지 진실로 가치 있는 것은, 평생을 진리와 정의와 더불어 살아가며 거짓말쟁이들과 불의한 자들에게도 호의로써 대하는 것이다.

48 네 마음을 즐겁게 해주고 싶으면 너와 함께 사는 자들의 장점을 생각하라. A의 활동성과 B의 겸손, C의 선심과 D의 또 다른 장점을. 우리와 함께 사는 자들의 성격에서 미덕의 본보기가 최대한 큰 무리를 지어 나타나는 것만큼 즐거운 일은 없기 때문이다. 그러므로 그런 것들을 언제나 가까이 준비해두고 있어야 한다.

49 너는 네 몸무게가 300리트라[17]가 되지 않는다고 해서 화를 내지는 않을 것이다. 그렇다면 네가 그만큼의 햇수만큼 살고 더 오래 살지 못한다고 해서 왜 화를 낸단 말인가? 너에게 주어진 물질의 양에 만족하듯이 너에게 주어진 시간에도 만족하라.

50 먼저 사람들을 설득해보라. 그러나 정의의 원칙이 사람들을 설득하도록 시키면 사람들이 언짢아하더라도 실행에 옮겨라. 누가 힘으로 너에게 대항하면, 그 때문에 괴로워하지 말고 순순히 받아들여 그 방해를 다른 미덕을 행하는 데 이용하라. 너는 조건부로 어떤 일을 하기로 마음먹었고 되지도 않을 일을 추구하는

것이 아니라는 점을 명심하라. 그렇다면 무엇을 추구할 것인가? 바로 하기로 마음먹는 것 그 자체이다. 그 점에서 너는 성공한 것이다. 또한 우리가 한번 하기로 마음먹은 것들이라면 이루어지게 마련이다.

51 명성을 좋아하는 자는 남의 활동을 자신의 선이라고 여기며, 쾌락을 좋아하는 자는 자신의 감각을 자신의 선이라고 생각하며, 이성을 가진 자는 자신의 행동을 자신의 선이라고 생각한다.

52 이러저러한 사물에 대하여 의견을 갖지 않고, 그리하여 혼을 괴롭히지 않는 것은 가능한 일이다. 사물 자체는 우리에게 어떤 판단도 강요할 수 없기 때문이다.

53 남이 하는 말을 귀담아듣고, 되도록이면 말하는 사람의 입장이 되어보는 습관을 들여라.

54 벌 떼에게 유익하지 못한 것은 한 마리 벌에게도 유익하지 못하다.

55 선원들이 키잡이를 욕하거나 환자들이 의사를 욕한다면, 그들은 누구의 말을 들을 것이며, 키잡이와 의사가 선원의 안전이나 건강을 어떻게 도모할 수 있겠는가?

56 너와 함께 세상에 태어난 사람 가운데 얼마나 많은 사람이 벌써 세상을 떠났는가.

57 황달 환자에게는 꿀이 쓰고, 광견병 환자에게는 물이 무섭다. 그리고 어린아이에게는 공이 좋아 보인다. 그런데 왜 나는 화를 내는가? 너는 그릇된 견해가 사람들에게 미치는 영향이 황달 환자에게 담즙이, 광견병 환자에게 독이 미치는 영향보다 약하다고 생각하느냐?

58 네가 네 본성[18]의 이성에 따라 사는 것을 막을 사람은 아무도 없다. 보편적 자연의 이성에 어긋나는 일은 결코 너에게 일어나지 않을 것이다.

59 사람들은 어떤 사람을 만족시키려 하고, 어떤 결과를 얻고자 하고, 어떤 행동으로 마음에 들기를 원하는가. 시간은 얼마나 재빨리 모든 것을 감출 것이고, 이미 얼마나 많은 것을 감추었는가!

VII

1 악이란 무엇인가? 네가 자주 보아온 것이다. 그러니 무슨 일이 일어나든 그것은 네가 자주 보아온 것이라고 생각하라. 너는 시선을 위로 향하든 아래로 향하든 어디서나 똑같은 것들을 발견할 것이다. 고대사도 중세사도 현대사도 네가 자주 보아온 것으로 가득 차 있고, 오늘날에는 도시와 가정이 그것으로 가득 차 있다. 모든 것이 낯익고 무상한 것들이다.

2 원칙에 상응하는 표상이 사라지지 않는 이상, 네 원칙이 달리 어떻게 소멸될 수 있겠느냐? 그러한 표상을 다시 불타오르게 하는 것은 너에게 달려 있다. 사물에 대하여 나는 올바른 판단을 내릴 수 있다. 내게 그럴 능력이 있는데, 왜 나는 안절부절못하는가? 내 사고의 영역 바깥에 있는 것은 내 사고와 전혀 무관하다. 이런 것을 배우고 너는 똑바로 서도록 하라.

2) 새로운 삶을 시작하는 것은 너에게 달려 있다. 네가 보아온 사물을 새롭게 보도록 하라. 바로 그것이 새로운 삶을 시작하는 것이다.

3 공허한 과시욕, 무대 위의 연극, 양 떼, 소 떼, 모의전(模擬戰), 강아지들에게 던져준 뼈다귀, 양어장에 던져준 빵 부스러기, 개미들의 고역과 짐 나르기, 우왕좌왕하는 겁먹은 생쥐들, 실로 조종하는 인형들. 너는 이런 것들 사이에 똑바로 서 있되, 잘난 체하지 말고 친절한 모습을 보여주라. 각자의 가치는 자신이 추구하는 것의 가치와 일치한다는 점을 알아야 한다.

4 대화를 나눌 때는 상대방 표현에 주의를 기울이고, 추구하는 바가 있을 때는 그 결과에 주의를 기울여야 한다. 후자의 경우에는 그것이 노리는 목표가 무엇인지 즉시 알아야 하고, 전자의 경우에는 그 표현의 진의를 면밀히 검토해야 한다.

5 이 일을 하는 데 내 사고력은 충분한가, 그렇지 못한가? 충분하다면, 나는 내 사고력을 보편적 자연이 부여한 도구로 이 일에 쓸 것이다. 충분하지 못하다면, 내 의무가 아닌 한, 더 잘해낼 수 있는 사람을 위하여 그 일에서 물러서거나 최선을 다해 이 일을 수행하되 내 지배적 이성에 힘입어 지금 이 순간 공동체의 이익에 적절하고 유익한 일을 해낼 수 있는 다른 사람의 도움을 받아야 할 것이다. 혼자 하는 일이든 다른 사람과 함께하는 일이든 나는 언제나 공동체에 유익하고 공동체와 조화를 이루는 것만을 추구해야 하기 때문이다.

6 얼마나 많은 사람들이 크게 찬양받다가 이미 망각되고 잊혀졌으

며, 또 그들을 찬양하던 얼마나 많은 사람들이 사라져버렸는가.

7 도움받는 것을 부끄러워 마라. 너는 성벽을 공격하는 전사처럼 해야 할 의무를 완수해야 하기 때문이다. 네가 절름발이여서 혼자서는 성벽을 기어오를 수 없지만 다른 사람의 도움을 받으면 그것이 가능해진다면, 어떻게 하겠는가?

8 미래에 일어날 일로 불안해하지 마라. 미래로 가야 한다면, 네가 현재의 일에 쓰고 있는 바로 그 이성으로 무장하고 그리로 가게 될 것이기 때문이다.

9 만물은 서로 얽혀 있고 그 유대는 신성하다. 서로 낯선 것은 사실상 아무것도 없다. 만물은 서로 연관되어 있고 함께 하나의 우주를 구성하기 때문이다. 만물로 구성된 하나의 우주, 만물 속에 내재하는 하나의 신, 하나의 실체, 하나의 법, 사고력을 가진 모든 동물에게 공통된 하나의 이성, 하나의 진리가 존재하기 때문이다. 서로 같은 부류이고 같은 이성을 공유하고 있는 동물들의 완전성도 하나뿐이라면 말이다.

10 모든 질료는 순식간에 우주의 실체 속으로 자취를 감추고, 모든 원인은 순식간에 우주의 이성 속으로 다시 흡수되며, 만물에 대한 기억은 순식간에 영원 속에 묻힌다.

11 이성적인 동물에게는 자연에 따르는 행위와 이성에 맞는 행위가 동일하다.

12 똑바로 서라. 아니면 똑바로 세워져야만 할 테니까.

13 서로 협력하게 되어 있는 이성적 존재들은 서로 떨어져 있어도 개별 유기체들에서의 지체(melos)들과 흡사하다. "나는 이성적 존재들로 구성된 유기체의 한 지체이다"라고 네가 너 자신에게 되풀이해서 말한다면, 그 뜻을 더 잘 이해하게 될 것이다. 그러나 네가 〔melos 대신에 meros처럼〕 r 자를 써서 너 자신을 그저 '부분'(meros)이라고 말한다면 너는 아직 인간을 진심으로 사랑하는 것이 아니며, 선행은 아직도 그 자체로 너를 기쁘게 하는 것이 아니다. 너는 아직은 선행을 단순한 의무로서 행할 뿐, 너 자신에 대한 선행으로서 행하지는 않는 것이다.

14 외부에서 일어나는 일을 그러한 사건을 느끼고 겪을 수 있는 내적인 부분들에서 일어나게 하라. 물론 느낄 수 있는 부분들은, 원한다면 불평할 수도 있다. 그러나 내게 일어난 일을 재앙으로 여기지 않는다면 나는 여전히 해를 입지 않는다. 그리고 나는 그렇게 해를 입지 않는다고 여길 능력이 있다.

15 누가 무슨 말을 하고 무슨 짓을 하든, 나는 나름대로 선할 수 있다. 마치 황금이나 에메랄드나 자포(紫袍)가 "누가 무슨 짓을 하

고 무슨 말을 하든 나는 에메랄드여야 하고 내 빛깔을 간직해야 한다"고 언제까지나 말하는 것처럼.

16 지배적 이성은 스스로를 괴롭히지 않는다. 이를테면 지배적 이성은 자신을 욕망으로 이끌지 않는다. 어떤 사람이 그 이성을 놀라게 하거나 아프게 할 수 있다고 한다면 그렇게 하도록 내버려 두어라. 이성은 스스로의 판단에 따라 그런 길로 가지 않을 것이기 때문이다.

가능하다면 육신은 해를 입지 않도록 스스로 조심하게 하고, 해를 입으면 이를 말하게 하라. 그러나 두려움과 고통을 느낄 수 있고, 그것들에 대하여 유일하게 의견을 가질 수 있는 혼은 결코 고통받지 않을 것이다. 혼은 그런 판단을 내릴 수 없기 때문이다.

2) 지배적 이성 자체는 스스로 욕구를 창출하지 않는 한 아무것도 욕구하지 않는다. 같은 이유에서 이성은 스스로 자신을 동요시키고 방해하지 않는 한 동요되지도 방해받지도 않는다.

17 행복[1]이란 선한 수호신이거나 지고한 선이다. 오오! 망상이여, 네가 여기에 무슨 볼일이라도 있느냐? 신들의 이름으로 말하노니, 네가 이리로 온 것처럼 떠나거라. 나는 네가 필요 없다. 너는 예전의 습관대로 이리 온 것이다. 네게 화낼 생각은 없으니 떠나거라.

18 변화를 두려워하는 사람이 있는가? 변화 없이 일어날 수 있는 것이 도대체 있기나 한가? 보편적 자연 가운데 변화보다 더 친근한 것이 무엇이란 말인가? 나무가 변하지 않는다면 너는 더운 물에 목욕할 수 있는가? 음식물이 변하지 않는다면 너는 영양을 섭취할 수 있는가? 그 밖에 생활에 필요한 것들이 변화 없이 이루어질 수 있는가? 너 자신에게도 변화는 이와 똑같은 것이며, 변화는 전체의 본성에는 똑같이 필요하다는 것을 너는 보지 못하는가?

19 모든 육신은 마치 급류에 실려가듯 보편적 실체 사이로 지나가며, 마치 우리 지체(肢體)들이 서로 협력하듯 전체와 결합해 우주와 협력한다.

2) 시간은 벌써 얼마나 많은 크뤼십포스를, 얼마나 많은 소크라테스를, 얼마나 많은 에픽테토스를 삼켜버렸는가. 어떤 사람들과 무슨 일을 하든 바로 이 점을 상기하라.

20 나의 유일한 관심사는, 인간 본성이 전혀 원하지 않거나 지금 원하지 않는 것을, 그 본성이 원하지 않는 방식으로 내 스스로가 나서서 하지 않는 것이다.

21 머지않아 너는 모든 것을 잊을 것이고, 머지않아 모두가 너를 잊을 것이다.

22 넘어진 자들도 사랑하는 것이 인간의 특성이다. 그들도 너와 동족이고, 무지하여 본의 아니게 실수를 저지르고, 너도 그들도 한결같이 얼마 뒤에는 죽게 되리라고 생각하면 그런 사랑은 가능하다. 무엇보다도 그가 너에게 해를 입히지 않았다는 점을 생각하라. 그가 네 지배적 이성을 이전보다 더 열등하게 만든 것은 아니기 때문이다.

23 보편적 자연은 마치 밀랍으로 그러하듯 전체의 실체에서 이번에는 말을 만들었다가 다시 녹여서 그 질료로 다음에는 나무를, 다음에는 사람을, 다음에는 그 밖의 다른 것을 만든다. 그리고 그것들은 각각 잠깐씩만 존속한다. 상자에게는 조립되는 것이 무서운 일이 아니듯 부서지는 것이 결코 무서운 일이 아니다.

24 찌푸린 얼굴은 아주 부자연스럽다. 그것이 자주 반복되면 상냥한 얼굴 표정이 사라지기 시작하고 종국에는 완전히 소멸되어 전혀 되살릴 수 없다. 이러한 사실로 찌푸린 얼굴은 이성에 어긋난다는 점을 이해하라. 우리가 잘못하고 있다는 의식조차 사라져버린다면 더이상 살 이유가 없지 않겠는가?

25 우주를 관장하는 본성은 네가 보고 있는 모든 것을 머지않아 변화시켜, 그것을 질료로 다른 것을 만들고, 그 다른 것을 질료로 삼아서 또 다른 것을 만들 것이다. 우주가 영원히 젊도록 말이다.

26 누가 너에게 잘못을 저지르면, 너는 즉시 그가 무엇을 좋거나 나쁜 것으로 여겼기에 그런 잘못을 저질렀는지 생각해보라. 그것을 알고 나면 너는 그를 동정해 놀라지도 화내지도 않을 것이다. 너 자신도 좋음에 대하여 그와 똑같거나 비슷한 의견을 갖고 있기 때문이다. 그렇다면 너는 그를 용서해야 한다. 그러나 네가 좋고 나쁨에 대한 그러한 의견을 더이상 갖고 있지 않다면, 잘못 본 자에게 관대해지기가 한결 쉬울 것이다.

27 네가 갖고 있지 않은 것들에 대해 마치 벌써 갖고 있는 양 연연해하지 마라. 오히려 가진 것 중에 가장 값진 것을 골라, 만약 네가 그것을 갖지 못했다면 얼마나 그것을 갈망했을지 생각해보라. 그러나 아무리 좋아도 그것들을 과대평가하는 버릇이 생기지 않도록 조심하라. 언젠가 그것들이 없어지면 너는 안절부절못하게 될 테니까.

28 너 자신 속으로 물러나라. 지배적이고 이성적인 부분은 그 본성상 자신의 올바른 행동과 그 행동이 가져다주는 마음의 평정에 만족한다.

29 망상을 지워버려라. 더이상 정념에 조종당하지 마라. 너 자신을 현재 시간에 국한하라. 너 자신이나 남에게 무슨 일이 일어나고 있는지 알아두라. 무슨 일이 일어나든 원인별로, 질료별로 나누고 분류하라. 네 임종의 시간을 염두에 두라. 남이 너에게 저지

른 잘못은 그 잘못이 발생한 곳에 그대로 두라.

30 남이 하는 말에 주의를 집중하라. 진행되고 있는 것과 그것을 행하고 있는 것에 네 마음을 이입하라.

31 소박함과 겸손함을 지니고, 미덕과 악덕의 중간에 있는 것들에 무관심함으로써 너를 빛나게 하라. 인류를 사랑하라. 신을 따르라. 그 사람[2]은 말한다. "만물은 법칙에 따르고, 사실은 원자들만이 있을 뿐이다." 만물이 법에 따른다는 것을 명심하면 그것으로 충분하다. 그 밖의 것은 아주 사소하기 때문이다.[3]

32 죽음에 관하여. 우리가 원자들로 구성되어 있다면, 죽음은 분해이다. 우리가 살아 있는 통일체라면, 죽음은 소멸이거나 이행이다.

33 고통에 관하여. 참을 수 없는 고통은 우리를 죽게 할 것이다. 그러나 지속되는 고통은 참을 수 있다. 마음은 포기함으로써 평정을 유지하고, 지배적 이성은 나빠지지 않는다. 그러나 고통으로 해를 입는 부분들은, 표현할 수 있다면 그것을 표현하게 하라.

34 명성에 관하여. 명성을 구하는 자들의 마음가짐이 어떠하며, 그들이 무엇을 피하고 무엇을 추구하는지 살펴보라. 모래가 밀려오면 전에 있던 모래언덕이 묻히듯이, 인생에서도 앞선 것들은 나중 것들에 금세 가려진다는 점도 명심하라.

35 *"진실로 도량이 넓고 모든 시간과 실재를 전체적으로 관조할 수 있는 사람이라면 인생을 대단한 것으로 여길 것이라고 너는 생각하느냐?" "아니, 그럴 수 없겠지요" 하고 그는 말했네. "그렇다면 그런 사람은 죽음조차도 무서운 것으로 여기지 않겠지?" "네, 조금도요."* 〔플라톤의 말〕[4]

36 *좋은 일을 하고도 욕을 먹는 것은 군왕답다.* 〔안티스테네스의 말〕[5]

37 얼굴은 고분고분하게 마음이 시키는 대로 표정을 짓고 자세를 가다듬는데, 마음은 스스로가 시키는 대로 표정을 짓고 자세를 가다듬을 수 없다는 것은 수치스러운 일이다.

38 *사물들에 화를 내는 것은 소용없는 짓이다. 사물들은 그 어떤 것에 대해서도 관심이 없기 때문이다.*[6]

39 *너는 불사의 신들과 우리 자신에게 기쁨을 주기를!*[7]

40 *인간의 목숨은 익은 곡식 이삭처럼 베어진다. 한 사람은 존재하고, 다른 사람은 사라진다.*[8]

41 *신들이 나와 내 아들들을 돌보지 않는다면, 거기에도 이유가 있을 것이다.*[9]

42 *선과 정의는 나와 함께한다.*[10]

43 *덩달아 곡하지 말고, 덩달아 날뛰지 마라.*[11]

44 *그러나 나는 그에게 다음과 같이 답변하는 것이 옳겠지요. "이봐요, 조금이라도 쓸모 있는 사람이라면 어떤 행동을 할 때 그 행동이 옳은지 그른지, 착한 사람의 행동인지 나쁜 사람의 행동인지만 고려할 것이 아니라, 살 것인지 죽을 것인지를 저울질해야 한다는 게 그대의 생각이라면 그대의 제안은 바람직하지 못하오."* 〔플라톤의 말〕[12]

45 *아테나이인 여러분, 사실은 이러합니다. 누가 가장 좋은 곳이라 여기고 자리를 잡았거나 지휘관에 의해 그 자리에 배치되었다면, 그는 위험을 무릅쓰고 자리를 지켜야 하며, 죽음이나 그 어떤 것보다 치욕을 염려해야 한다고 나는 생각합니다.*[13]

46 *하지만 여보게, 안전하게 지켜주고 안전하게 지켜지는 것 외에 고귀하고 좋은 것은 없는지 살펴보게. 진정한 대장부라면 얼마나 오래 사느냐에 관심을 가져서는 안 되고 삶에 집착해서도 안 되네. 그는 그런 일들은 신들에게 맡기고, 운명은 아무도 피할 수 없다는 여인들의 말을 믿으면서 사는 동안 어떻게 하면 최선의 삶을 살 수 있는지 고찰해야 하네.*[14]

47 너도 별들과 함께 도는 것처럼 별들의 운행을 관찰하고, 원소들이 매번 다른 원소로 이행한다는 사실을 늘 염두에 두라. 그런 사색은 세상살이의 때를 씻어줄 것이다.

48 플라톤의 말은 훌륭하다.[15] 사람들에 관하여 담론하는 사람은 지상의 사물을 마치 높은 곳에서 내려다보듯 관찰해야 한다. 집회, 군대, 농사, 결혼, 평화조약,[16] 탄생, 사망, 법정의 소란, 황무지, 다양한 야만족, 축제, 애도, 장터. 이 모든 것의 뒤섞임과 상반된 것들의 질서정연한 결합을.

49 과거를, 그토록 많은 왕조의 변천을 눈앞에 떠올려보라. 그러면 미래사도 내다볼 수 있을 것이다. 미래사는 과거사와 같은 성질의 것이고, 현재사의 리듬에서 벗어날 수 없을 테니까. 따라서 인간의 삶을 40년 동안 관찰하든 1만 년 동안 관찰하든 마찬가지이다. 더 볼 것이 따로 뭐가 있겠는가?

50 *대지에서 태어난 것들은 대지로 돌아가고, 하늘의 씨앗에서 생겨난 것은 하늘나라로 돌아간다.*[17]

아니면 얽히고설킨 원자들의 해체이거나, 무감각한 원소들이 그와 비슷하게 흩어지는 것이다.

51 *그들은 먹을거리와 마실 거리와 주문(呪文)으로 흐름을 돌려 죽지*

않으려 한다.[18]

2) *신으로부터 어떤 폭풍이 불어오든 우리는 괴롭더라도 꾹 참고 불평하지 말아야 한다.*[19]

52 누가 너보다 '상대방을 메다꽂는 솜씨가 더 훌륭한 레슬링 선수'일지라도, 공공심이나 겸손, 온갖 상황에 대처하거나 이웃의 과오에 관용을 베푸는 것에서는 너보다 더 훌륭하지 못하게 하라.

53 신과 인간의 공통된 이성에 따라 일을 완수할 수 있는 곳에서는 두려워할 것이 아무것도 없다. 올바른 길을 가고 있고 우리의 기질에 맞게 진행되는 활동에 힘입어 이익을 얻을 수 있는 곳에서는 해를 입을까 두려워할 필요가 없기 때문이다.

54 현재의 상황을 경건하게 받아들여 만족하는 것, 지금 주변에 있는 사람들에게 공정하게 대하는 것, 검토하지 않은 그 어떤 것이 마음속에 몰래 스며들지 못하도록 현재의 인상을 세심하게 분석하는 것, 이것은 네가 언제 어디서나 할 수 있는 일이다.

55 남의 지배적 이성을 보려고 두리번대지 말고, 본성이 너를 인도하고 있는 목표를 직시하라. 너에게 일어나는 일을 통해 보편적 자연이 인도하고, 네가 해야 할 일을 통해 네 본성이 인도하는 목표를 직시하라는 말이다. 각자는 저마다 본성에서 비롯되는 것을 행해야 한다. 다른 것들은 이성적 존재들을 위하여 만들어

졌다. 그것은 모든 영역에서, 열등한 것이 우월한 것을 위하여 만들어진 것과 같다. 한편 이성적 존재들은 서로를 위하여 만들어졌다.

2) 인간의 자질에서 으뜸가는 것은 공공심이고, 두 번째는 육체적 자극에 양보하지 않는 것이다. 이성적 움직임과 지성적 움직임의 특징은 자신을 한정하고 감각적 움직임과 충동적 움직임에 결코 지지 않는 것이다. 이것들은 둘 다 동물적이다. 그러나 지성적 움직임은 우월하기를 원하고, 감각적 움직임과 충동적 움직임에 제압당하기를 바라지 않는다. 당연한 일이다. 지성적 움직임은 본성상 이들 움직임을 이용하기 때문이다. 이성적 존재의 자질에서 세 번째 특징은 성급한 판단을 피하고 기만당하지 않는 것이다. 따라서 이성적 부분이 이런 원칙들을 견지하며 곧장 앞으로 나아가게 하라. 그러면 그 부분은 제 몫을 차지할 것이다.

56 마치 지금까지 살다가 세상을 떠난 듯이 여생을 덤으로 살되 자연에 따라서 살도록 하라.

57 너 자신에게 일어난 것과 운명이 너를 위하여 자아놓은 것만을 사랑하라. 그보다 더 적절한 일이 어디 있겠는가?

58 무슨 일이 일어나든, 너와 똑같은 일을 당할 때 성내고 당황하고 욕한 자들을 눈앞에 떠올려보라. 지금 그들은 어디 있는가? 아

무 데도 없다. 어쩌겠다는 것인가? 너도 그들처럼 하겠다는 것인가? 왜 너는 남의 일탈은 그런 일탈을 초래하거나 그런 일탈에 빠진 사람에게 맡겨두고, 너 자신은 어떻게 하면 그 일탈을 이용할 수 있는지에 온 정신을 집중하려 하지 않는가? 너는 그 일탈을 잘 이용할 수 있고, 그것은 너에게 질료가 되겠기에 하는 말이다. 다만 명심하고 네가 하는 모든 일에서 스스로에게 아름다운 자가 되기를 원하라. 둘 중 하나를 취사 선택할 때, 중요한 것은 행동의 목표라는 것도 명심하라.[20]

59 네 안을 들여다보라. 네 안에는 선의 샘이 있고, 그 샘은 네가 늘 퍼내야 늘 솟아오를 수 있다.

60 육신은 단단해야 하고 움직일 때나 정지해 있을 때 일그러져서는 안 된다. 마음이 현명하고 점잖은 표정을 유지함으로써 얼굴 표정에 영향을 끼칠 수 있는 것과 같은 것을 우리는 육신 전체를 위해서도 요구해야 한다. 그러나 이 모든 것은 가식 없이 행해져야 한다.

61 불의의 공격에 대비하며 꿋꿋이 서 있어야 한다는 점에서, 삶의 기술은 무용의 기술보다는 레슬링의 기술과 더 비슷하다.

62 네가 어떤 자들에게 인정받기를 원하는지, 그들이 어떤 지배적 이성을 갖고 있는지 항상 염두에 두라. 네가 그들의 판단과 동기

의 원천을 들여다보게 되면, 본의 아니게 실수를 저지른 자들에게 화를 내지 않을 것이며 그들에게 인정받을 필요조차 느끼지 않을 것이다.

63 "모든 혼은 본의 아니게 진리를 빼앗긴다"고 그는 말한다.[21] 정의와 절제와 호의와 그 밖에 그런 종류의 미덕도 모두 마찬가지이다. 무엇보다도 이 점을 반드시 명심해야 한다. 그러면 너는 모든 사람을 더 온유하게 대할 수 있다.

64 고통을 당할 때마다 상기하라. 고통은 수치스러운 것이 아니며 키를 잡고 있는 마음을 더 열등하게 만드는 것도 아니라는 것을. 마음은 이성적인 한, 공동체적인 한 고통으로 파괴될 수 없기 때문이다. 그 밖에도 대부분의 경우 "네가 고통의 한계를 생각하고 상상력으로 거기에 뭔가를 덧붙이지만 않는다면, 고통은 참을 수 없는 것도 아니고 영원한 것도 아니다"라는 에피쿠로스의 말[22]은 네게 도움이 될 것이다. 졸음이나 고열이나 식욕부진 같은 여러 가지 불쾌감도 사실은 고통과 같은 것이지만 우리가 고통인 줄 모르고 있다는 점을 상기하라. 이런 것들 때문에 짜증이 나면, 너 자신에게 "너는 고통에 굴복하는 거야"라고 말하라.

65 비인간이 인간에게 품는 것과 같은 감정을 너는 비인간에게 품지 않도록 주의하라.

66 텔라우게스[23]가 소크라테스보다 성격이 더 고상하지 못했다는 것을 우리는 어떻게 아는가? 소크라테스가 더 영광스럽게 죽었고, 소피스트들과 더 능숙하게 토론했고, 차디찬 노천에서도 더 꿋꿋하게 밤을 지새웠고,[24] 살라미스의 레온을 데려오라는 명령에 불복하는 것[25]이 더 용감한 행동이라고 생각했고, 그게 과연 사실인지 의심스럽지만 "거리를 당당하게 활보했다"[26]는 것만으로는 충분치 않다. 오히려 우리는 소크라테스의 혼이 어떠했는지, 그가 사람들에 대하여 올바르고 신들에 대하여 경건한 것으로 만족할 수 있었는지, 남의 사악함에 성부터 내거나 남의 무지에 종노릇하지 않았는지, 우주가 자신의 몫으로 할당한 것을 뭔가 낯선 것으로 받아들이거나 참을 수 없는 짐으로 짊어지지 않았는지, 자신의 이성이 육신의 감정에 공감하도록 내버려두지 않았는지 고찰해야 한다.

67 자연은 네가 너 자신을 한정하여 네가 할 일을 손수 행하는 것을 허용하지 않을 만큼, 너를 전체와 뒤섞어놓지 않았다. 신적인 인간이지만 아무한테도 인정받지 못하는 일이 충분히 있을 수 있기에 하는 말이다. 이 점을 늘 명심하라. 그리고 행복하게 사는 데 필요한 것은 아주 적다는 점과, 네가 위대한 사상가나 과학자가 되겠다는 희망을 버리더라도 그 때문에 자유롭고 겸손하고 공동체적이고 신에게 순종하는 존재가 되기를 포기할 필요는 없다는 점도 명심하라.

68 온 세상이 목청껏 너에게 고함을 질러대도, 야수들이 너를 둘러싸고 있는 고깃덩이의 육신들을 갈기갈기 찢는다 해도, 너는 어떤 강요도 받지 않고 마음의 더없는 평온 속에서 살아갈 수 있다. 그 모든 경우 그 무엇이 마음의 평온, 주변 환경에 대한 올바른 판단 그리고 주어진 것을 이용하겠다는 결의를 다지지 못하도록 막는단 말인가? 판단은 자신에게 일어나는 일에게 "너는 겉으로는 달라 보여도 실제로는 이런 것이지"라고 말한다. 이용은 자신에게 주어진 것에게 "너야말로 내가 찾던 거야"라고 말한다. 왜냐하면 현재는 나에게 언제나 이성적 미덕과 공동체적 미덕의, 다시 말해 인간이나 신의 기술의 질료이기 때문이다. 우리에게 일어나는 모든 일은 신이나 인간과 밀접한 관계가 있어서 새로운 것도 아니고 다루기 힘든 것도 아니며, 오히려 친숙하고 다루기 쉬운 것이다.

69 하루하루를 마지막 날인 것처럼 살아가되 흥분하지도 나태하지도 위선자가 되지도 않는다면, 그것이 바로 인격을 완성하는 것이다.

70 신들은 불사의 존재이면서도 그토록 오랜 세월 동안 그토록 보잘것없는 그토록 많은 인간을 참고 견뎌야 하는데도 짜증을 내지 않는다. 아니, 신들은 온갖 방법으로 인간을 돌보고 있다. 하거늘 너는 머지않아 죽게 되어 있는데도 돌보기를 단념한다. 너도 그 보잘것없는 자들 가운데 한 사람이면서 말이다.

71 자신의 악에서 벗어나는 일은 가능한데도 그 악에서 벗어나려 하지 않고, 남의 악에서는 벗어날 수 없는데도 그 악에서 벗어나려 하니 가소로운 일이다.

72 이성적이고 공동체적인 능력이, 지적이지도 않고 사회적이지도 않다고 인식하는 것을, 자기보다 열등하다고 판단하는 것은 온당하다.

73 네가 선행을 베풀고 남이 그것을 받았으면 그만이지 어째서 바보같이 제3의 것을 바라느냐? 선행을 베푸는 것을 남이 보아주거나 선행의 보답을 받는 것 말이다.

74 도움 받는 데 싫증을 내는 사람은 아무도 없다. 그런데 남에게 도움을 주는 것이 자연에 맞는 행동이다. 그러니 너는 남에게 도움을 줌으로써 도움을 받는 데 싫증 내지 마라.

75 보편적 본성은 질서정연한 세계를 만들고 싶은 충동을 느꼈다. 그러나 지금 일어나고 있는 것은 모두 필연적인 부수 현상이며, 그렇지 않다면 우주의 지배적 이성이 자신의 충동에 따라 추구하고 있는 가장 중요한 것조차도 무의미하다. 그 점을 상기하면 많은 일에 한결 담담하게 대처할 수 있다.

VIII

1 네가 평생 동안 또는 적어도 청년이 된 후부터 철학자로서 살아왔다고 할 수 없다는 사실을 아는 것도 허튼 명예욕에서 벗어나는 데 도움이 된다. 네가 철학과는 거리가 멀다는 것이 많은 사람과 너 자신에게 분명해졌기 때문이다. 세속에 물들었기에 너는 철학자로서 명성을 얻기가 쉽지 않을 것이다. 네 인생의 사명도 그와 모순된다. 진실이 어디 있는지 제대로 인식했다면, 남들이 너를 어떻게 볼 것인가 하는 생각은 버리고 길든 짧든 남은 인생을 네 본성이 원하는 대로 사는 것으로 만족하라. 따라서 네 본성이 무엇을 원하는지 숙고하고, 그 밖의 다른 어떤 것에도 미혹되어서는 안 된다. 너의 과거 경험은 네가 얼마나 많이 길을 잃고 헤맸으며 어느 곳에서도 참다운 삶을 발견하지 못했다는 것을 말해준다. 삼단논법에서도, 부에서도, 명성에서도, 향락에서도. 그렇다면 참다운 삶은 어디에 있는가? 그 삶은 인간 본성이 요구하는 것을 행하는 데 있다. 그러려면 어떻게 해야 하는가? 의도와 행동의 원천이 되는 원칙을 갖고 있으면 된다. 어떤 원칙 말인가? 선악에 관한 원칙이다. 그 원칙에 따르면, 인간을 정의롭고 신중하고 용감하고 자유롭게 만들지 않는 것은 그 어

떤 것도 선이 아니며, 방금 말한 것들과 반대되는 것들을 야기하지 않는 것은 그 어떤 것도 악이 아니다.

2 어떤 행동을 할 때는 "이 행동은 나와 무슨 관계가 있지?" "내가 이 행동을 후회하게 되지는 않을까?" 하고 자문해보라. 잠시 후면 나는 죽고 모든 것은 사라진다. 지금 내가 하고 있는 일이 이성적이고 공동체적이고 신과 동일한 법의 지배를 받는 존재에게 어울리는 일이라면 무엇을 더 바라겠는가?

3 알렉산드로스, 가이우스,[1] 폼페이우스도 디오게네스,[2] 헤라클레이토스, 소크라테스에 견주면 무엇이란 말인가? 후자는 사물과 그 원인과 질료를 보았고, 그들의 지배적 이성은 그들 자신의 것이었다. 그러나 전자는 얼마나 많은 것을 염려하고, 얼마나 많은 것의 노예였던가?

4 네가 화가 나 폭발하더라도 사람들은 아랑곳하지 않고 같은 일을 하고 있을 것이다.

5 첫째, 평정을 잃지 마라. 만물은 보편적 자연에 따르고 있으며, 잠시 후면 너도 하드리아누스나 아우구스투스처럼 무(無)가 되어 어느 곳에도 없을 것이다. 둘째, 사물을 응시하여 그 실체를 파악하되, 선한 인간이 되어야 한다는 것을 명심하고 인간의 본성이 요구하는 바를 지체 없이 행하라. 그리고 네게 가장 정당해

보이는 것을 말하되 늘 상냥하고 겸손하게 거짓 없이 말하라.

6 보편적 자연이 하는 일이란 여기 있는 것을 저리로 옮기고, 변화시키고, 여기서 들어올려 저리로 나르는 것이다. 만물은 변화에 불과하므로 새로운 것과 마주칠까 두려워할 필요가 없다. 만물은 친숙한 것들이고, 운명의 배분은 공평하다.

7 모든 본성은 순조롭게 자신의 길로 나아갈 때 만족한다. 그리고 이성적 본성은 자신의 표상에서 거짓되고 분명하지 않은 것을 받아들이지 않고, 자신의 충동을 공동체적인 일에 집중하고, 자신에게 속한 것들만 좋아하거나 싫어하고, 보편적 본성이 할당한 것이면 무엇이든 반긴다면, 순조롭게 나아가는 것이다. 마치 잎의 본성이 식물의 본성의 일부이듯, 이성적 본성은 보편적 본성의 일부이기 때문이다. 차이가 있다면, 식물의 경우 잎의 본성은 감각도 없고 이성도 없고 방해받을 수 있는 본성의 일부인데 반해, 인간의 본성은 각자에게 제 몫의 시간과 실체와 원인과 활동과 경험을 자격에 따라 공평하게 배분하는 한 결코 방해받을 수 없는 이성적이고 정의로운 본성의 일부라는 것이다. 그러나 사물의 개별 특징을 비교하지 말고 한 종 전체를 다른 종 전체와 비교하도록 유의하라.

8 너는 책을 읽을 여유가 없다. 그러나 오만을 억제할 여유는 있다. 쾌락과 고통을 제어할 여유가 있으며 명예욕을 초월할 수도

있다. 너는 무감각하고 감사할 줄 모르는 자들에게 성내지 않을 여유가 있고 아니 그들을 돌봐줄 수도 있다.

9 앞으로 아무도 네가 궁정 생활에 대하여 불평하는 소리를 듣지 못하게 하라. 아니, 너 자신도 네 말을 듣지 못하게 하라.

10 후회는 뭔가 유익한 것을 놓친 데 대한 일종의 자책이다. 그런데 선은 반드시 유익한 것이므로 착하고 선한 자라면 선에 관심을 기울여야 한다. 진실로 선한 자는 쾌락을 놓쳤다고 해서 결코 후회하지 않을 것이다. 그러므로 쾌락은 유익한 것도 아니고 선한 것도 아니다.

11 여기 이 사물은 그 자체로 무엇이며 그 본성이 무엇인가? 이 사물의 실체와 질료는 무엇인가? 그것의 원인은 무엇인가? 그것은 우주에서 어떤 기능을 하는가? 그것은 얼마 동안 존속하는가?

12 마지못해 잠자리에서 일어난다는 생각이 들면, 공동체적 활동을 수행하는 것은 네 기질과 인간의 본성에 맞지만 잠은 비이성적 동물에게도 공통된 것임을 상기하라. 각자의 본성에 맞는 것이 더 친숙하고, 더 동질적이고, 더 흡족한 것이다.

13 끊임없이, 가능하다면 모든 표상을 자연학과 윤리학과 논리학[3]

원리에 적용해보라.

14 누구를 만나든 "이 사람은 선과 악에 관하여 어떤 의견을 갖고 있을까?" 즉시 자문해보라. 그가 쾌락과 고통과 이 두 가지의 원인에 관하여, 명예와 불명예에 관하여, 생과 사에 관하여 이러저러한 의견을 갖고 있다면 그가 이러저러한 행동을 하더라도 나는 그를 조금도 이상하게 여기거나 놀라지 않을 것이다. 또한 나는 그가 그렇게 할 수밖에 없다는 것을 기억할 것이다.

15 우주가 그 안에 잉태하고 있던 특정 사물을 낳는다 하여 놀라는 것은 무화과나무에 무화과가 열리는 것을 보고 놀라는 것만큼이나 어리석은 짓임을 명심하라. 의사가 환자에게 열이 있다고, 키잡이가 역풍이 인다고 놀란다면 이 역시 어리석은 짓이다.

16 네 생각을 바꾸고, 네 잘못을 바로잡아주는 자를 따르는 것이 의지의 자유와 상충되지 않음을 명심하라. 네 의지와 판단, 또한 네 이성에 따라 행하는 행동은 네 행동이기 때문이다.

17 결정권이 너에게 있다면 왜 굳이 그런 짓을 하는가? 그러나 다른 사람에게 있다면 너는 누구를 비난하는가? 원자를? 신을? 원자를 비난하든 신을 비난하든 그것은 다 미친 짓이다. 너는 아무도 비난해서는 안 된다. 할 수 있다면 네가 그 장본인을 바로잡고, 그것이 안 되면 일 자체라도 바로잡도록 하라. 그것도 안 되

면 비난한다고 해서 네게 무슨 덕이 되겠는가? 어떤 일이든 무턱대고 해서는 안 되기에 하는 말이다.

18 죽는 것은 우주 밖으로 떨어져 나가지 않는다. 그것이 우주 안에 머무른다면 그것은 또한 여기서 변하여 우주의 원소이자 네 원소이기도 한 그 자체의 원소들로 분해된다. 그 원소들도 변하지만 그렇다고 그들은 불평하지 않는다.

19 각각의 사물은 어떤 목적을 위하여 존재한다. 말〔馬〕도 그렇고 포도나무도 그렇다. 왜 놀라는가? 태양신 역시 "나는 어떤 일을 하려고 존재한다"고 말할 것이다. 다른 신들도 마찬가지이다. 그렇다면 너는 무엇을 위하여 존재하는가? 쾌락을 위하여? 네 지성이 그런 생각을 용납할 수 있을까?

20 자연은 개개의 사물에서 시작과 과정만이 아니라 종말도 배려했다. 마치 공을 던져 올려놓고 지켜보고 있는 사람처럼. 하지만 공이 위로 던져졌다고 무슨 덕이 되고, 내려와 땅에 떨어진다고 무슨 해가 되겠는가? 물거품이 인다고 무슨 덕이 되고, 꺼진다고 무슨 해가 되겠는가? 그 점에서는 촛불도 마찬가지이다.

21 그것〔육신〕을 밖으로 뒤집어 그것이 어떤 성질의 것이고, 늙거나 병들거나 숨을 거두면 어떻게 되는지 살펴보라.

2) 칭찬하는 자도 칭찬받는 자도, 기억하는 자도 기억되는 자도

잠깐밖에 살지 못하기는 마찬가지이다. 게다가 세상의 이 모퉁이에서 그런 일이 일어나고 있고, 그 모퉁이에서도 모두가 의견이 일치하지 않고, 개인조차 자신과 의견이 일치하지 않는다. 그리고 대지 전체도 하나의 점에 불과하다.

22 주제와 활동과 원칙과 말뜻에 주목하라.

2) 네가 그런 일을 당하는 것은 당연하다. 너는 오늘보다는 내일 선한 자가 되기를 원하기 때문이다.

23 나는 무엇인가를 행하고 있는가? 나는 인류에게 베푸는 선행과 관련지으며 그 무엇을 행한다. 나에게 무슨 일이 일어나고 있는가? 나는 신들과, 일어나는 모든 일이 거기서 만물이 유출되는 원천과 관련지으며 그 무슨 일을 받아들인다.

24 목욕할 때 올리브기름, 땀, 때, 더러운 물과 그런 종류의 잡다한 것들이 너에게 역한 느낌을 준다. 인생의 모든 부분과 우리가 만나는 모든 대상도 그와 같다.

25 루킬라[4]는 베루스[5]를 묻었으나,[6] 그 역시 묻혔다. 세쿤다는 막시무스[7]를 묻었으나, 세쿤다도 묻혔다. 에피튕카노스는 디오티모스[8]를 묻었으나, 에피튕카노스도 묻혔다. 안토니누스는 파우스티나[9]를 묻었으나, 안토니누스도 묻혔다. 만사가 이와 같다. 켈레르[10]는 하드리아누스[11]를 묻었으나, 켈레르도 묻혔다. 저 명민

한 자들과 예언자들과 오만한 자들은 지금 어디 있는가? 예컨대, 카락스와 플라톤학파의 데메트리오스와 에우다이몬[12] 같은 명민한 자들은 지금 어디 있는가? 모두가 하루살이들이고 오래전에 죽었다. 더러는 잠시도 기억되지 않았고, 더러는 옛이야기가 되었고, 더러는 이미 옛이야기의 세계에서조차 사라져버렸다. 네 육신의 조직은 해체되고, 네 작은 호흡도 꺼지거나 장소를 바꿔 다른 곳으로 옮겨간다는 것을 명심하라.

26 인간의 낙은 인간다운 일을 하는 것이다. 그런데 인간다운 일이란 동족을 호의로 대하고, 감각적 움직임을 무시하고, 그럴듯한 표상들을 진단하고, 보편적 본성과 그 본성에 따라 일어나는 것들을 고찰하는 것이다.

27 너에게는 세 가지 관계가 있다. 하나는 너를 담고 있는 그릇〔육신〕과의 관계이고, 다른 하나는 모두에게 일어나는 모든 것의 원천인 신적인 원인과의 관계이고, 나머지 하나는 너와 더불어 사는 사람들과의 관계이다.

28 고통은 육신에게 악이거나—그럴 경우 육신이 그렇다고 말하게 하라—혼에게 악이다. 그러나 혼에게는 맑은 날씨와 자신만의 고요한 바다를 유지하고 고통을 악으로 간주하지 않을 능력이 있다. 판단과 충동과 소망과 혐오는 모두 자기 안에서 생겨나며 어떤 것도 바깥에서 침투하지 못하기 때문이다.

29 "나는 지금 내 이 혼 안에 어떤 악도, 어떤 욕망도, 간단히 말해 어떤 동요도 생겨나지 못하게 할 능력이 있다. 나는 오히려 만물의 참된 본성을 보고는 각각의 사물을 그 가치에 따라 이용한다"고 자신에게 말함으로써 인상들을 없애버려라. 자연이 네게 준 이러한 능력을 상기하라.

30 원로원에서 말하거나 개인에게 말할 때 적절하고 명료하게 말하라. 건전한 표현을 사용하라.

31 아우구스투스의 궁전, 아내, 딸, 자손들, 선조들, 누이, 아그립파,[13] 친척들, 하인들, 친구들, 아레이오스,[14] 마이케나스,[15] 의사들, 사제들. 전 궁전이 죽고 사라졌다. 거기서 다른 궁전들로 눈을 돌려보라. 한 사람이 죽은 것이 아니라, 폼페이유스가(家)처럼 일족 전체가 죽고 없다. '그의 가문의 마지막 사람'이라는 묘비명을 생각해보라. 또 선조들이 대를 이으려고 얼마나 노심초사했겠는지 생각해보라. 하지만 누군가는 마지막 사람이 될 수밖에 없다. 그렇게 되면 다시 일족 전체가 죽는다.

32 너는 하나하나의 행동으로 네 인생을 구상하되, 그 행동이 나름대로 목적을 달성하면 이에 만족해야 한다. 그렇게 하는 것을 막을 사람은 아무도 없을 것이다. "밖에 있는 어떤 것이 방해할 수도 있지요." 그러나 네가 정의롭고 신중하고 현명하게 행동하는 것을 막을 만한 것은 아무것도 없다. "하지만 다른 활동이 방해

를 받는다면?" 그렇지만 그런 방해를 기꺼이 받아들이고 가능한 다른 일로 담담하게 옮겨가면, 당장 방해받은 활동 대신 우리가 말하고 있는 구상에 적합한 다른 활동이 생길 것이다.

33 겸손하게 받고, 흔쾌히 내주어라.

34 잘려나간 손이나 발, 베어진 머리가 몸의 다른 부분과 떨어져 있는 것을 본 적이 있다면, 자신의 운명을 거부하고 남과 떨어져 있거나 공동체에 해로운 행동을 하는 자야말로 스스로를 그런 처지로 만드는 것이다. 그 경우 너는 어떤 의미에서 자연에 따르는 통일체에서 너 자신을 떼어낸 것이다. 너는 자연의 일부로서 태어났건만 지금은 너 자신을 잘라냈기 때문이다. 그럼에도 네가 다시 통일체로 돌아갈 수 있다는 것은 얼마나 멋진가. 떨어져 나오고 잘려 나왔다가 다시 결합하는 이러한 능력을 신은 우주의 다른 부분에는 부여하지 않았다. 그러니 신이 인간에게 부여한 선의를 생각하라. 신은 인간이 아예 전체에서 찢겨나가지 못하게 했고, 혹시 찢겨나가더라도 다시 돌아와 함께 자라며 한 부분으로서의 제 역할을 다시 맡을 수 있도록 만들었다.

35 보편적 자연이 개개의 이성적 존재에게 여타의 능력을 거의 다 주었듯이, 우리는 다음과 같은 능력도 보편적 자연으로부터 받았다. 즉 보편적 자연이 자신과 마주치거나 자신을 방해하는 것은 무엇이든 다 돌려세워 보편적인 운명에 편입시키고 자신의

일부로 만드는 것처럼, 이성적 피조물도 모든 방해물을 자신을 위한 질료로 만들어 자신이 추구하는 목적을 위하여 그 방해물을 사용한다.

36 네 인생 전체를 그려보고 낙담하는 일이 없도록 하라. 네가 겪었고 겪을 온갖 어려움을 한꺼번에 떠올리지 말고, 그때그때 현재의 일과 관련해 "이번 일에서 참을 수 없고 감당할 수 없는 것은 무엇인가?"라고 자문해보라. 스스로 인정하기가 부끄러울 것이다. 나아가 너를 짓누르는 것은 미래도 과거도 아닌 언제나 현재라는 사실을 상기하라. 그러나 현재는 네가 그것만을 떼어서 살펴보고, 또 네 마음이 그런 사소한 것도 감당하지 못하는 네 마음을 나무라고 나면, 현재의 의미는 축소될 것이다.

37 판테이아[16]나 페르가모스[17]는 지금도 자기 주인의 무덤가에 앉아 있을까? 카브리아스나 디오티모스[18]는 하드리아누스의 무덤가에 앉아 있을까? 가소로운 생각이다. 지금까지 그들이 그곳에 앉아 있다고 한다면 고인들이 알기나 할까? 알 수 있다면 고인들이 기뻐할까? 고인들이 기뻐한다면 조문객들이 불사의 존재가 되겠는가? 조문객도 노파나 노인이 되었다가 그다음에는 죽을 운명이 아닌가? 이들이 죽고 나면 저들은 나중에 무엇을 할까? 이 모든 것이 악취요 가죽 자루에 든 썩은 피다.

38 네 눈이 밝다면, "보고 가장 현명한 판단을 내리도록 하라"라고

그는 말한다.[19]

39 이성적 동물의 기질에서 나는 정의와 상반된 미덕은 보지 못하지만, 쾌락과 상반된 미덕은 본다. 절제 말이다.

40 너를 괴롭히는 것처럼 보이는 것에 대한 네 의견을 버린다면, 너 자신은 더없이 평온해진다. "자신이라니, 그는 누구지요?" 이성 말이다. "하지만 내가 이성은 아니잖아요." 그렇다고 하자. 그렇다면 이성이 자신에게 해를 입히지 않게 하라. 그러나 너의 다른 부분이 해를 입는다면, 그 부분은 자신에 관하여 의견을 가져도 무방하다.

41 감각을 방해하는 것은 동물적 본성에는 악이다. 충동을 방해하는 것도 동물적 본성에는 악이다. 이와는 다르지만 식물적 기질에도 마찬가지로 방해가 되고 악이 되는 것이 있다. 마찬가지로 이성을 방해하는 것은 이성적 본성에는 악이다. 이 모든 것을 너 자신에게 적용해보라. 고통이나 쾌락이 네게 영향을 미치는가? 그것은 감각이 살필 일이다. 네가 어떤 충동을 느꼈을 때 방해받은 적이 있는가? 네가 네 충동을 무조건 충족시키려 든다면, 그것은 이성적 존재로서의 너에게 악이다. 그러나 네가 그 방해를 일반적인 것으로 받아들인다면, 너는 해를 입지도 않고 방해를 받지도 않는다. 실제로 지성에 고유한 것들은 어느 누구도 방해하지 않는다. 불도, 칼도, 폭군도, 중상모략도, 그와 같은 다른

어떤 것도 지성을 건드릴 수 없기 때문이다. "한번 구체(球體)가 된 것은 원형을 유지한다."[20]

42 내가 나 자신에게 고통을 주는 것은 옳지 못하다. 나는 타인도 의도적으로 괴롭힌 적이 없기 때문이다.

43 어떤 것은 이 사람을 기쁘게 하고, 어떤 것은 저 사람을 기쁘게 한다. 그러나 나를 기쁘게 하는 것은, 내 지배적 이성이 건전하여 어떤 사람이나 사람들에게 일어나는 어떤 사건에 등 돌리지 않고 모든 것을 상냥한 눈으로 보며 받아들여서 그 하나하나를 내재적 가치에 따라 활용하는 것이다.

44 현재의 이 시간이 너에게 선물이 되게 하라. 사후의 명성을 더 추구하는 자들은, 후세 사람들도 지금 자신을 성가시게 구는 자와 똑같은 자들이라는 것, 그들도 마땅히 죽는다는 것을 생각하지 못하고 있다. 후세 사람들이 이런저런 메아리로 너에게 응답하든 너에 관하여 이런저런 의견을 갖든, 그게 대체 너와 무슨 상관인가?

45 나를 집어 들어 네가 원하는 곳으로 던져보라. 그곳에서도 내 수호신이 여전히 내게 호의를 품는다면, 다시 말해 내 수호신의 상태와 활동이 그것의 고유한 기질에 맞는다면 만족할 것이다.
2) 던져진다는 것 때문에 내 혼이 병들고 제 가치를 잃고 비하되

고 탐닉하고 구속받고 겁에 질린다면 그럴 만한 가치가 있을까 생각하라. 도대체 무엇이 그러한 대가를 치를 만한 가치를 지니고 있겠는가?

46 인간에게는 인간에게 맞지 않는 사건이 일어날 수 없다. 소에게는 소에게 맞지 않는 사건이 일어날 수 없고, 포도나무에게는 포도나무에게 맞지 않는 사건이 일어날 수 없으며, 돌에게는 돌의 본성에 어울리지 않는 사건이 일어날 수 없다. 그렇다면 각자에게 통상적이고 자연스러운 일이 일어나는 것인데 어째서 너는 네 운명에 불만인가? 보편적 자연은 너에게 네가 감당할 수 없는 것은 가져다주지 않기에 하는 말이다.

47 어떤 외적인 일로 네가 고통받는다면, 너를 괴롭히는 것은 그 외적인 일이 아니라 그에 대한 네 판단이다. 또한 그 판단을 당장 지워 없애는 것은 너 자신에게 달려 있다. 그러나 너를 괴롭히는 것이 네 마음속에 있는 그 무엇이라면, 네가 네 견해를 바꾸는 것을 도대체 누가 막는단 말인가? 또 너에게 건전해 보이는 이러저러한 것을 행하지 않아 괴로운 것이라면, 괴로워하는 대신 왜 그것을 행하지 않는가? "나보다 더 강한 것이 길을 막고 있어요." 그렇다면 그것을 행하지 못하는 원인이 너에게 있는 것이 아니므로 괴로워하지 마라. "하지만 그 일을 하지 않으면 인생은 살 가치가 없는걸요." 그렇다면 목적을 이루고 죽는 사람처럼 담담하게 인생을 떠나되, 네 길을 막는 장애물들을 용서하라.

48 지배적 이성이 자신 속으로 물러나 자신에게 만족할 때, 설령 그것이 비이성적인 반항이라 해도 자신이 원치 않는 것은 아무것도 하지 않을 때 그 이성은 어느 것에든 지지 않는다. 그렇다면 그 이성이 어떤 사물에 대하여 이성적으로 신중하게 판단을 내린다면 어떻겠는가? 정염(情炎)에서 자유로운 마음은 성채와 같다. 인간에게 이보다 더 튼튼한 요새는 없다. 그곳으로 피신한 자는 앞으로 함락되지 않을 것이기 때문이다. 이런 사실을 모르는 자는 무지한 자이고, 알면서도 그곳으로 피신하지 않는다면 불운한 자이다.

49 첫인상이 전해주는 것 이상을 자신에게 말하지 마라. 이러저러한 사람이 너에 대해 악담을 하더라는 말을 들었다고 하자. 너는 "악담을 하더라"는 말만 전해 들었을 뿐, 그 때문에 네가 해를 입었다는 말을 전해 들은 것이 아니다. 아이가 앓고 있는 모습을 본다고 하자. 나는 그 모습은 보지만, 내 아이가 위험한 것인지는 보지 못한다. 그러니 언제나 첫인상만 고집하고 마음속으로부터 첫인상에 뭔가를 덧붙이지 마라. 그러면 아무 일도 일어나지 않는다. 무엇을 덧붙이려거든 우주 안에서 일어나는 일을 일일이 알고 있는 사람으로서 덧붙여라.

50 "오이는 써요." 던져버려라. "길에 가시덤불이 있어요." 비켜가라. 그러면 충분하다. "이런 게 왜 세상에 생겨나는 거죠?" 하고 덧붙이지 마라. 자연을 공부하는 사람에게 웃음거리가 될 뿐이

다. 마치 작업장에서 대팻밥과 가죽 조각이 보인다고 목수와 제화공을 나무라면 그들에게 웃음거리가 되듯이 말이다. 그들에게는 대팻밥과 가죽 조각을 던져버릴 장소가 있다. 하지만 보편적 자연은 자신의 바깥에 아무것도 갖고 있지 않다. 그러나 보편적 자연이 지닌 기술의 놀라운 점은, 보편적 자연은 스스로에 제한되면서도 자신 안에서 상하거나 노후하거나 쓸모없어 보이는 모든 것을 자신으로 변화시켜 그것으로부터 새로운 다른 것을 만들어낸다는 것이다. 그러므로 보편적 자연에게는 외부의 질료도 필요 없고, 쓰레기를 버릴 장소도 필요 없다. 보편적 자연에게는 자신의 공간, 자신의 질료, 자신의 기술이면 충분하다.

51 행동할 때 굼뜨지 말고, 대화할 때 말을 뒤죽박죽 섞지 말고, 생각할 때 헤매지 마라. 다시 말해 네 혼이 자신 안에만 갇혀 있거나 궤도 밖으로 튀어나가지 못하게 하고, 생활에서 여유를 누리지 못할 정도로 너무 분주하지 마라.

2) "사람들이 우리를 죽여요. 사람들이 우리를 갈기갈기 찢어요. 사람들이 우리를 저주하며 쫓아다녀요." 그런 것들이 여전히 순수하고 건전하고 신중하고 올바른 네 마음과 무슨 상관이란 말인가? 예컨대 누가 물맛 좋은 맑은 샘가에 서서 샘물을 저주한다 해도, 샘물은 마실 물을 솟아오르게 하는 일을 그만두지 않을 것이다. 그가 진흙이나 오물을 샘에 던져 넣는다 해도, 샘물은 금세 그것을 씻어내고 정화하여 더럽혀지지 않는다. 그렇다면 너는 어떻게 우물이 아니라 늘 흐르는 샘물을 가질 수 있는

가? 정신적 자유를 향하여 날마다 만족하고 소박하고 겸손한 마음으로 자신을 지키면 된다.

52 우주가 무엇인지 알지 못하는 자는 자신이 어디 있는지 알지 못한다. 자신이 무엇을 위하여 태어났는지 알지 못하는 자는 자신이 누구이며 우주가 무엇인지 알지 못한다. 이 가운데 하나도 모르는 자는 자신이 무엇을 위하여 태어났는지 말할 수 없다. 자신이 어디 있으며 누구인지도 모르는 자들의 비난을 피하거나 그런 자들에게 박수 받고 싶어하는 자를 너는 어떻게 볼 것인가?

53 너는 매 시간 세 번씩이나 자신을 저주하는 자에게 칭찬받고 싶은가? 너는 저 자신의 마음에도 들지 않는 자의 마음에 들고 싶은가? 자신이 하는 거의 모든 일을 후회하는 자가 자신의 마음에 들겠는가?

54 너를 둘러싸고 있는 대기와만 함께 호흡할 것이 아니라, 앞으로는 만물을 둘러싸고 있는 이성과도 함께 사고하라. 대기의 힘이 사방으로 쏟아져 그것을 숨 쉴 수 있는 자에게 제공되는 것 못지않게, 이성의 힘도 사방으로 쏟아져 그것을 끌어당길 수 있는 자에게 제공되기 때문이다.

55 일반적으로 악은 우주에 전혀 해를 입히지 못하고, 특정한 악도 남에게 해를 입히지 못한다. 특정한 악은 그 악을 행하는 자에게

만 해를 입힌다. 그러나 그도 원하기만 하면 특정한 악에서 벗어날 수 있다.

56 이웃의 의지는 그의 호흡이 그러하듯 내 의지와 무관하다. 우리는 각별히 서로를 위하여 태어났지만 우리의 지배적 이성은 각기 나름의 주권을 지니고 있다. 그렇지 않으면 이웃의 사악함이 내게도 불행이 될 수 있기 때문이다. 신은 그렇게 되는 것을 바라지 않았으니, 내 불행이 다른 사람에게 좌우되지 않게 하려는 것이었다.

57 해는 쏟아져 내리는 것처럼 보이고 사방으로 쏟아지지만, 쏟아져서 없어지지는 않는다. 이러한 쏟아짐은 일종의 확장이다. 그런 까닭에 햇살은 '확장되다'(ekteinesthai)라는 말에서 유래하여 '확장자들'(aktines)이라 불린다.[21] 햇살이 좁은 틈을 뚫고 어두운 방으로 들어오는 것을 보면 너는 햇살이 어떤 것인지 볼 수 있다. 햇살은 직선으로 확장되며, 공기가 통과할 수 없는 더 단단한 물체를 만나면 굴절한다. 그 물체에서 햇살은 정지할 뿐, 미끄러지거나 아래로 떨어지지 않는다. 정신의 쏟아짐과 사방으로 퍼져나감도 그런 것이어야 하고, 쏟아져 없어짐이 아니라 확장이어야 한다. 장애물과 무리하게 격렬히 충돌하거나 아래로 떨어져서는 안 되고, 버티고 서서 자신을 받아들이는 것을 비춰야 한다. 그러나 정신을 통과시키지 않는 것은 햇살을 빼앗길 것이다.

58 죽음을 두려워하는 자는 감각이 없어지는 것을 두려워하거나 감각이 다른 것으로 바뀌는 것을 무서워한다. 감각이 없어지면 너는 어떤 불행도 느끼지 못할 것이다. 다른 종류의 감각을 갖는 것이라면 너는 다른 종류의 생명체가 되어 삶을 끝내지 않게 될 것이다.

59 인간은 서로를 위해 태어났다. 그러니 서로를 가르치거나 아니면 참아라.

60 화살이 가는 길 다르고, 정신이 가는 길 다르다. 정신은 조심할 때도, 면밀히 검토할 때도 똑같이 목표를 향하여 곧장 나아가기 때문이다.[22]

61 각자의 지배적 이성 안으로 들어가라. 그리고 모든 타인이 너 자신의 지배적 이성 안으로 들어오는 것을 허용하라.

IX

1 부정한 짓을 저지르는 자는 불경죄를 짓는 사람이다. 보편적 본성은 서로를 위하여 이성적 동물을 만들어 그들이 가치에 따라 서로 돕고 결코 해를 입히는 일이 없게 했는데, 그런 보편적 본성의 뜻을 무시하는 사람은 가장 존경스러운 신에게 명백히 불경죄를 짓는 것이다.

2) 거짓말을 하는 자도 똑같이 신에게 불경죄를 짓는다. 보편적 본성은 현존하는 사물의 본성이며, 현존하는 사물은 존재하는 모든 것과 밀접한 관계가 있다. 나아가 보편적 본성은 진리라고 불리며, 모든 진리의 제1원인이다. 고의로 거짓말을 하는 자는 기만함으로써 부정한 짓을 저지르는 한 불경죄를 짓는 것이다. 본의 아니게 거짓말을 하는 자는 보편적 본성과 불화하는 한, 그리고 보편적 본성과 싸움으로써 보편적 본성의 질서를 교란하는 한 역시 불경죄를 짓는 것이다. 진리와 반대되는 것들로 휩쓸리는 자는 보편적 본성과 싸우는 셈이다. 그는 앞서 보편적 본성에서 여러 가지 능력을 부여받았지만 그 능력을 사용하지 않은 탓에 지금은 진리를 허위와 구별할 수 없게 된 것이다.

3) 쾌락을 선인 양 추구하고, 고통을 악인 양 피하는 자도 불경

죄를 짓는 것이다. 그런 자는 악인과 선인에게 공적에 맞지 않게 몫을 분배한다고 보편적 본성을 계속해서 비판하기 마련이다. 악인은 쾌락 속에서 살고 쾌락을 즐길 수단을 갖고 있는데, 선인은 고통 속에서 살고 고통을 유발할 수 있는 것들로 빠져드는 까닭이다. 고통을 두려워하는 자는 언젠가는 우주에서 일어날 일도 두려워하게 될 텐데, 이것은 이미 불경죄를 짓는 것이다. 쾌락을 추구하는 자는 부정한 짓을 삼가지 않을 텐데, 이 역시 명백히 불경죄를 짓는 것이다.

4) 보편적 본성과 한마음이기에 보편적 본성을 따르기를 원하는 자는 보편적 본성이 동등하게 대하는 것을 역시 동등하게 대해야 한다. (보편적 자연이 쾌락과 고통을 동등하게 대하지 않았다면 이 두 가지를 만들지 않았을 것이다.) 따라서 고통과 쾌락, 죽음과 삶, 명예와 불명예 등 보편적 본성이 동등하게 대하는 것을 스스로 동등하게 대하지 않는 자는 누구나 불경죄를 짓는 것이다. 보편적 본성이 이런 것들을 동등하게 대한다는 것은 섭리의 근원적인 충동에 따라 먼저 일어나는 일과 이어서 일어날 일과 관련하여 그 모든 것이 동등하게 일어난다는 뜻이다. 그리고 보편적 본성은 미래에 관하여 어떤 구상을 품고는 실체들의 생식력과, 같은 종(種)의 변화와 계승을 결정한 다음, 태초부터 바로 이 근원적 충동에 따라 우주를 창조하고 싶은 충동을 느낀 것이다.

2 거짓과 온갖 종류의 위선과 사치와 오만을 맛보지 않고 인간 곁을 떠난다는 것은 확실히 더 지혜로운 사람의 몫이리라. 차선책

은 이런 것들에 구역질이 났을 때 마지막 숨을 거두는 것이다. 그렇게 하지 않는다면 너는 악과 함께하기를 선호하는 것인데, 네 경험마저도 역병에서 도망치라고 설득하지 않는단 말인가. 마음의 타락이야말로 우리를 둘러싼 숨 쉬는 대기의 오염과 변질보다 더 무서운 역병이다. 대기의 역병은 동물로서의 우리를 공격하지만, 마음의 역병은 인간으로서의 우리를 공격하기 때문이다.

3 죽음을 멸시하지 말고, 죽음에 기뻐하라. 죽음도 자연이 원하는 것 가운데 하나이다. 젊고 늙고 성장하고 성숙하고 이가 나고 수염이 나고 머리가 세고 생식 활동을 하고 임신을 하고 분만하는 행위와 그 밖에 인생의 계절이 가져다주는 자연의 다른 과정은 모두 해체이기에 하는 말이다. 따라서 죽음에 무관심하거나 조급하거나 거만한 태도를 취하지 않고 자연의 한 과정으로서 기다리는 것이 이성을 지닌 인간에게 맞는 태도이다. 지금 네 아내의 자궁에서 아이가 태어날 순간을 기다리듯, 네 혼이 이 거죽에서 떨어져나갈 시간을 기다려라.

2) 하지만 네 마음을 위로해줄 진부한 처방이라도 갖고 싶다면, 네가 떠나게 될 사물들과 네 혼이 더이상 한데 섞이지 않게 될 사람들을 살펴보라. 그러면 너는 죽음과 완전히 화해하게 되리라. 너는 그들을 못마땅해하지 말고 보살펴주며 상냥하게 대해야 하지만, 너와 같은 원칙을 가진 사람 곁을 떠나는 것이 아니라는 점을 명심해야 한다. 우리와 같은 원칙을 가진 사람들과 함

께 사는 것이 허용된다면 이것만이—어떤 것이 그럴 수 있다면 말이다—우리가 이 세상에 머물고 싶게 할 것이다. 그렇지만 보다시피, 너는 지금 그들과 함께 살면서 불화에 지쳐 "오오! 죽음이여, 어서 오라. 내가 나 자신조차 잊어버릴까 두렵구나!"라고 외치게 될 것이다.

4 남에게 죄를 짓는 자는 자신에게 죄를 짓는 것이다. 불의를 저지르는 자는 자신을 악하게 만듦으로써 자신에게 불의를 저지르는 것이다.

5 무엇을 행하는 것뿐 아니라, 무엇을 행하지 않음으로써 불의를 저지르는 경우도 종종 있다.

6 그때그때의 판단이 명확하고, 그때그때의 행위가 공동체를 지향하고, 그때그때의 심정이 자연스러운 원인에서 일어나는 모든 것에 만족한다면, 그것으로 충분하다.

7 상상을 지워버려라. 충동을 억제하라. 욕망을 꺼라. 지배적 이성을 네 것으로 만들어라.

8 이성이 없는 동물들에게는 하나의 목숨이 배정되어 있고, 이성이 있는 동물들에게는 하나의 이성적 혼이 배정되어 있다. 그것은 마치 지상의 모든 것들에게 하나의 대지가 존재하고, 시력과

생명을 가진 우리 모두가 하나의 빛으로 보고, 우리가 숨 쉬는 대기가 하나인 것과 같다.

9 공통된 요소를 나눠 갖고 있는 것들은 같은 부류를 찾는다. 흙의 성질을 가진 것은 모두 흙으로 모여들고, 물의 성질을 가진 것은 함께 흐르며, 공기의 성질을 가진 것도 그러하다. 그러한 까닭에 이런 것들을 갈라놓으려면 힘의 작용이 필요하다. 불은 불의 원소로서의 성질 때문에 위로 올라가는 경향이 있지만, 지상의 모든 불과 함께 발화할 준비가 되어 있다. 조금 더 마른 질료는 발화를 방해하는 성분이 덜 들어 있어 쉬이 발화할 수 있다. 우주의 이성적 본성을 나눠 갖고 있는 것도 모두 마찬가지로, 아니 더 강하게 동류를 찾는다. 그것은 다른 것보다 우월한 까닭에 그만큼 더 동류와 결합하고 섞이기를 원하기 때문이다.

2) 이성 없는 동물에게서도 벌 떼와 가축 떼와 새들이 새끼를 돌보고 사랑하는 것이 발견된다. 이 단계에는 이미 혼이 존재하며, 더 우월한 존재에게서는 식물이나 돌이나 나무에서는 찾아볼 수 없을 만큼 공동체 의식이 강하게 나타난다. 이성이 있는 동물들 사이에는 정치 공동체, 우정, 가정과 집회와 전쟁에서의 조약과 휴전이 있다. 더 우월한 존재들 사이에는 별들의 경우에서처럼 서로 떨어져 있어도 어떤 의미에서 유대가 존재한다. 이처럼 우월한 존재로 올라갈수록 서로 떨어져 있는 것들 사이에서도 공감을 불러일으킬 수 있다.

3) 그러나 지금의 사태를 보라. 이성이 있는 동물만이 서로를 향

한 노력과 상호 호감을 망각하고 있으며, 유독 이들만이 서로 합류할 기미조차 보이지 않는다. 그러나 아무리 도망쳐도 그들은 벗어나지 못할 것이다. 자연이 강자이기 때문이다. 면밀히 지켜보면 너는 내 말이 사실임을 알게 될 것이다. 인간과 단절된 인간보다는 흙과 무관한 흙덩이를 찾는 편이 더 빠르다.

10 인간도 신도 우주도 열매를 맺는다. 제때가 되면 모든 것이 열매를 맺는다. '열매'가 엄밀히 말해 포도나무나 그와 비슷한 것에 적용되는 말이라 해도 상관없다. 이성도 전체를 위하여 그리고 자신을 위하여 열매를 맺는데, 그 열매에서 이성 자체와 같은 종류의 다른 것들이 생겨난다.

11 가능하다면, 잘못을 저지른 자를 타일러라. 가능하지 않다면, 그런 경우를 위하여 관용이 네게 주어졌음을 명심하라. 신들도 그런 자들에게는 관용을 베풀며, 건강과 부와 명성 같은 몇 가지 목적을 위해서는 그들을 도와주기까지 한다. 너도 그렇게 할 수 있다. 그렇게 할 수 없다면 그러지 못하게 막는 자가 누구인지 말해보라.

12 일할 때는 소처럼 일하지도 말고, 동정이나 찬탄받기를 원하는 자로서도 일하지 마라. 공동체적 이성의 지시에 따라 움직이고 멈춰 서기만을 원하도록 하라.

13 오늘 나는 모든 방해에서 벗어났다. 아니, 모든 방해를 내던져 버렸다. 왜냐하면 방해는 바깥에 있는 것이 아니라, 내 안에, 내 판단 안에 있기 때문이다.

14 이 모든 것은 경험을 통해 친숙해진 것들이고, 그 존속 기간은 하루살이와 같고, 그 질료는 가치가 없다. 모든 것이 지금이나 우리가 묻어준 자들이 살던 때나 마찬가지다.

15 사물들은 문밖에 혼자 서 있고, 자신에 관하여 알지도 못하고 보고하지도 않는다. 그렇다면 무엇이 사물들에 관하여 보고하는가? 지배적 이성이다.

16 공동체를 구성하는 이성적인 동물의 좋고 나쁨은 당하는 것이 아니라 행하는 것에 있다. 마치 그의 미덕과 악덕이 당하는 것이 아니라 행하는 것에 있듯이.

17 위로 던져진 돌에게는 아래로 떨어지는 것이 악이 아니고, 위로 오르는 것이 선이 아니다.

18 사람들의 지배적 이성 안으로 들어가라. 그러면 네가 어떤 심판관을 두려워하는지, 사람들은 스스로에게 어떤 심판관인지 알게 될 것이다.

19 만물은 변한다. 너 자신도 끊임없이 변하고 어떤 의미에서는 파괴를 겪고 있다. 우주 전체도 마찬가지이다.

20 남의 과오는 있던 자리에 그대로 내버려두라.[1]

21 활동과 충동과 판단의 정지는 휴식이자 일종의 죽음이지 악은 아니다. 지금 네 생애의 여러 시절, 예컨대 소년기와 청년기와 장년기와 노년기를 회고해보라. 이 시기의 변화도 모두 일종의 죽음이었다. 과연 그것이 두려운 것이었는가? 이제는 할아버지 밑에서 보낸 시절과 그다음에는 어머니 밑에서 보낸 시절, 그다음에는 양부 밑에서 보낸 시절을 회고해보라. 거기서 여러 가지 파괴와 변화와 정지를 발견하거든 "과연 그것이 두려운 것이었는가?" 하고 너 자신에게 물어보라. 마찬가지로 인생 전체의 정지와 휴식과 변화도 결코 두려운 것이 아니다.

22 너 자신의 지배적 이성과 우주의 지배적 이성과 네 이웃 사람의 지배적 이성을 향해 곧바로 달려가라. 너 자신의 지배적 이성에게로 달려가는 것은 네가 그 이성을 올바른 이성으로 만들기 위해서이다. 우주의 지배적 이성에게 달려가는 것은 네가 그것의 일부임을 상기하기 위해서이다. 네 이웃 사람의 지배적 이성에게 달려가는 것은 그의 행동이 의도 때문인지 무지 때문인지 알고 그의 지배적 이성도 네 지배적 이성과 같은 종류인지 고찰하기 위해서이다.

23 너 자신이 공동체의 보완적 구성 요소인 것처럼, 네 행동도 모두 공동체적 삶의 보완적 구성 요소여야 한다. 이러한 공동체적 목표와 직접적으로나 간접적으로 아무 관계도 없는 행동은 어떤 것이든 네 삶을 갈기갈기 찢어놓고 삶의 통일성을 깨뜨리고, 마치 대중 사이에서 그러한 조화로운 관계를 외면하고 혼자 떨어져 있는 사람처럼, 파당의 성격을 띨 것이다.

24 어린애들의 말다툼과 장난, "시신을 짊어지고 다니는 가련한 혼들."[2] 그러니 저승에서의 광경[3]이 생생하게 느껴지리라.

25 특정한 원인을 향해 곧장 나아가되, 그것을 질료에서 분리시켜 살펴보라. 그런 다음 특정 대상이 그 본성을 유지할 수 있는 시간을 얼마나 부여받았는지 확실히 해두라.

26 네가 고생을 수없이 반복하는 것은, 네 지배적 이성이 그 본연의 활동을 하는 것에 네가 만족하지 못하기 때문이다. 이 일에 관해서는 이쯤 해두자.

27 남이 너를 비난하거나 미워하고 그런 감정들을 표현하면, 사람들의 혼으로 다가가서는 그 안으로 들어가 그들이 어떤 사람인지 보라. 그러면 너는 그들이 너를 어떻게 생각하든 그 때문에 괴로워할 필요가 없다는 사실을 알게 될 것이다. 그래도 너는 그들을 호의로써 대해야 한다. 그들은 본성상 네 친구들이기 때문

이다. 신들도 꿈이나 신탁을 통해 여러 가지 방법으로 그들이 관심 두고 있는 것을 얻을 수 있도록 도와준다.

28 우주의 순환운동은 늘 같은 것이니, 오르고 내려오며 영원에서 영원으로 이어진다. 우주의 이성은 개별 사물에 충동을 느끼거나—그럴 경우 우주의 이성의 충동을 받아들여라—아니면 단 한 번 그런 충동을 느꼈고, 그 밖의 다른 것은 모두 그 부수적 현상이다. 그렇다면 어떤 의미에서는 원자나 불가분의 요소만이 존재하는 것이니 불안해할 까닭이 뭐란 말인가? 간단히 말해, 신이 존재한다면 모든 것이 잘된 것이고, 우연이 지배한다면 너까지 우연의 지배를 받지는 마라.

곧 흙이 우리 모두를 덮는 날이 올 것이다. 우리를 덮고 나면 흙도 변할 것이며, 그 변화의 결과물은 계속 변하고, 다시 그 결과물이 변해 생긴 결과물도 계속해서 변하리라. 끝없이 이어지는 변화와 변성의 물결과 변화가 일어나는 빠른 속도를 상기할 수 있다면, 그는 모든 유한한 것을 무시할 수 있게 되리라.

29 우주의 원인은 급류와 같아서 모든 것을 휩쓸어간다. 정치에 관여하며 거기서 철학자연하는 저 사람들은 얼마나 보잘것없는 자들인가? 모두가 코흘리개들이다. 인간이여, 무엇을 하려는 것인가? 자연이 지금 너에게 요구하는 것을 행하라. 할 수 있는 한 활동하고, 누가 보아줄까 주위를 둘러보지 마라. 플라톤의 이상국가[4]를 바라지 말고, 조금이라도 진척이 있으면 만족하고, 그

결과를 하찮게 여기지 마라. 누가 사람들의 신념을 바꿀 수 있겠는가. 그리고 신념을 바꾸지 못하면 신음하며 복종하는 척하는 자들의 강제노역말고 무엇을 기대할 수 있겠는가? 자, 이제 알렉산드로스와 필립포스[5]와 팔레론의 데메트리오스[6]에 관하여 말해다오. 그들이 보편적 자연의 뜻을 깨닫고 자신들을 그 뜻으로 인도했다면 나는 그들을 따를 것이다. 그러나 그들이 연극을 한 것에 불과하다면, 그들을 모방하도록 나를 강요하는 것은 아무것도 없다. 철학이 하는 일[7]은 단순하고 겸손하다. 나를 잘난 체하는 허영심으로 잘못 인도하지 마라.

30 무수한 군중, 무수한 의식(儀式), 폭풍과 잔잔한 바다를 가리지 않는 온갖 항해, 태어나는 자들, 함께 어우러지는 자들, 사라져 가는 자들의 천태만상을 높은 곳에서 내려다보라. 그리고 이전에 다른 사람들이 살다 간 삶과 네 다음으로 세상에서 살게 될 사람들의 삶과 지금 야만족들이 살고 있는 삶을 생각해보라. 얼마나 많은 사람이 네 이름을 알지 못하고, 얼마나 많은 사람이 네 이름을 곧 잊어버릴 것이며, 얼마나 많은 사람이 지금은 너를 칭찬하지만 머지않아 비난할 것인지 생각하라. 또 기억도 명성도 그 밖의 다른 것도 모두 언급할 가치조차 없다는 것을 생각하라.

31 외적인 원인 때문에 일어나는 일들에 대해서는 동요하지 말고, 네 안에 있는 원인 때문에 일어나는 일들에 대해서는 정의롭게 대처하라. 네 충동과 행위는 공동체를 위한 활동을 목표로 삼아

야 한다. 그것이 네 본성에 맞기 때문이다.

32 너를 괴롭히는 수많은 불필요한 것에서 너는 벗어날 수 있다. 그것은 네 표상 속에서만 존재하기 때문이다. 네 마음으로 우주 전체를 안고, 영원한 시간과 개별 사물의 재빠른 변화를 생각하라. 생성과 소멸 사이의 시간은 짧아도 생성 이전의 시간은 무한하고 소멸 이후의 시간도 끝이 없다는 것을 생각한다면 너는 당장 너 자신을 위하여 드넓은 공간을 갖게 될 것이다.

33 네가 보고 있는 모든 것은 머지않아 소멸할 것이다. 그것이 소멸하는 것을 지켜보는 자들도 역시 머지않아 소멸할 것이다. 그리하여 최고령까지 살다 간 사람이나 요절한 사람이나 같은 처지가 될 것이다.

34 이들의 지배적 이성은 어떤 것이고, 이들이 진지하게 추구하는 것은 무엇이며, 어떤 이유 때문에 이들은 사랑하고 존경하는가? 너는 이들의 혼을 적나라한 상태로 보는 습관을 들이도록 하라. 이들이 자신들의 비난으로 해를 입히고 칭찬으로 이익을 준다고 믿는다면, 이 얼마나 큰 망상인가.

35 상실은 변화에 불과하다. 보편적 본성은 변화를 좋아하며, 만물은 보편적 본성의 뜻에 따라 생겨난다. 태초부터 만물은 비슷한 모양으로 발생했고, 영원토록 대동소이한 모양새로 발생할 것

이다. 그런데 너는 어째서 일어난 모든 것은 잘못 일어났으며 모든 것은 언제까지나 잘못될 것이라고, 또한 그 많은 신들이 있는데도 이런 상태를 바꿀 권능을 발견할 수 없으며, 오히려 우주는 끊임없는 악에 붙들려 있도록 저주받았다고 주장하는가?

36 모든 사물의 기본 질료가 썩고 남은 것이 물, 먼지, 뼈, 악취이다. 대리석은 흙이 굳은 것이고, 금과 은은 침전물이고, 옷은 짐승의 털이고, 자줏빛 염료는 조개의 피이고, 그 밖의 다른 것도 모두 마찬가지이다. 우리의 호흡도 그와 같아서 이것에서 저것으로 변한다.

37 이 비참한 삶, 이 불평불만, 이 원숭이 짓거리에 신물이 난다. 왜 너는 불안해하는가? 무슨 새로운 것이라도 있는가? 무엇 때문에 안절부절못하는가? 어떤 원인 때문인가? 원인을 잘 살펴보라. 질료인가? 질료를 잘 살펴보라. 이 두 가지말고는 그 어떤 것도 없다. 그러니 늦게나마 신들에게 더 소박하고 더 쓸모 있는 사람이 되라.

2) 이런 것들은 100년을 관찰하여도 3년을 관찰하여도 결과는 똑같다.

38 어떤 사람이 잘못을 저질렀다면, 해는 그 사람 자신이 입게 된다.[8] 하지만 그는 잘못을 저지르지 않았을지도 모른다.

39 하나의 이성적 원천이 있어 거기서부터 만물이 하나의 유기체 안에서처럼 일어나거나—그럴 경우 부분은 전체를 위해 일어나는 것들에 불평해서는 안 된다—, 그렇지 않다면 원자들만 있고 이합집산 외에는 아무것도 없다.[9] 그렇다면 너는 왜 불안해하는가? 네 지배적 이성에게 말하라. "너는 죽었어. 너는 썩었어. 너는 들짐승이 되었고, 너는 위선자야. 너는 가축 떼와 함께 몰려다니며 풀을 뜯고 있구나."

40 신들은 힘이 없거나 힘이 있거나 둘 중 하나다. 신들에게 힘이 없다면, 너는 왜 기도하는가? 신들에게 힘이 있다면, 너는 왜 이런저런 것을 물리치거나 이런저런 것을 허락해달라고 기도하는 대신, 아무것도 두려워하지 않게, 아무것도 바라지 않게, 그 무엇 때문에도 슬퍼하지 않게 해달라고 기도하지 않는가? 신들이 인간을 도울 수 있다면 신들은 틀림없이 그렇게 되도록 도울 수도 있다. 하지만 너는 아마도 "신들이 내게 그것들을 맡겼소"라고 하겠지. 수중에 없는 것 때문에 노예처럼 비굴하게 애태우는 것보다 수중에 있는 것을 자유인답게 이용하는 편이 더 좋지 않겠는가? 우리 수중의 것조차도 신들은 도와주지 않는다고 누가 너에게 말하더냐? 그렇게 해달라고 기도하기 시작하라. 그러면 너는 알게 될 것이다. 누가 "저 여자와 동침할 수 있다면 좋으련만!" 하고 기도하면, 너는 "나는 저 여자와 동침하기를 원치 않게 되기를!" 하고 기도하라. 누가 "나는 저자에게서 벗어나 살고 싶어!" 하고 기도하면, 너는 "내가 그에게서 벗어나기를 원치 않

기를!" 하고 기도하라. 또 다른 사람이 "내 아이를 잃지 않으면 좋으련만!" 하고 기도하면, 너는 "내가 내 아이를 잃을까 두려워하지 않기를!" 하고 기도하라. 한마디로, 네 기도를 그런 방향으로 바꾸고 어떻게 되는지 보라.

41 에피쿠로스는 말한다. "몸이 아플 때 나는 육신의 고통에 관해서는 대화하지 않았고, 문병 온 사람들과도 그 고통에 관해서는 이야기하지 않았다. 오히려 나는 기왕에 시작한 자연 탐구를 계속하며, 어떻게 하면 정신이 육신의 느낌을 의식하면서도 동요하지 않고 자신에게 있는 고유한 선을 견지할 수 있겠느냐는 문제에 전념했다. 그리고 나는 의사들에게도 내게 무슨 대단한 일을 하는 양 우쭐댈 기회를 주지 않았다. 나는 그때도 행복하고 아름답게 살았으니까." 너도 몸이 아프거나 다른 상황에 놓이면 에피쿠로스처럼 처신하라. 어떤 상황에서도 철학을 포기하지 않고 철학과 자연에 무지한 사람의 수다에 맞장구치지 않는 것은 모든 철학 학파에 공통된 기본 원칙이다. 지금 해야 할 일과 그것을 수행할 도구에 생각을 집중하라.

42 누군가의 몰염치한 행동에 기분이 상할 때마다 "세상에 몰염치한 자들이 존재하지 않는다는 것이 가능한 일인가?" 하고 너 자신에게 바로 물어보라. 그것은 불가능한 일이다. 그렇다면 불가능한 것을 요구하지 마라. 이 사람도 반드시 세상에 존재해야 할 몰염치한 자들 가운데 한 명일 뿐이다. 악당이나 신의 없는 자나

잘못을 저지르는 다른 모든 자에 대해서도 같은 생각을 떠올려라. 너는 이런 부류의 인간이 존재하지 않는다는 것이 불가능하다는 사실을 상기하자마자 이들 한 명 한 명에 대하여 더 관대해질 수 있다. "자연이 이런 잘못에 대하여 어떤 미덕을 주었을까?" 하고 생각해보는 것도 도움이 될 것이다. 왜냐하면 자연은 무지한 사람에게 일종의 해독제로서 온유함을 주었고, 그 밖의 사람에게는 또 다른 능력을 주었기 때문이다.

2) 아무튼 길을 잃고 헤매는 자에게 바른길을 가르쳐주는 것은 너에게 가능한 일이다. 잘못을 저지르는 자는 목표에서 벗어나 길을 잃고 헤매는 것과 같기에 하는 말이다. 그런데 너는 대체 어떤 해를 입었는가? 너는 너를 화나게 한 자들 가운데 어느 누구도 네 혼을 더 나쁘게 만들 짓은 아무것도 하지 않았음을 깨닫게 될 것이다. 오히려 네 불행과 피해는 전적으로 네 혼 안에 존재한다.

3) 못 배운 사람이 못 배운 사람처럼 행동한다면, 그게 무슨 불행이며 놀랄 일인가? 이런 사람이 이런 잘못을 저지를 수 있다고 예상하지 못한 것에 너 자신을 나무라야 하는 것이 아닌지 살펴보라. 너는 네 이성에게서 못 배운 사람은 이런 잘못을 저지를 개연성이 있다는 것을 추리할 만한 능력을 부여받았는데도, 그것을 잊고 그가 잘못을 저질렀다고 놀라니 말이다.

4) 그러니 무엇보다도 신의가 없다거나 배은망덕하다고 누구를 탓하려거든 그 생각을 너 자신에게로 돌려라. 네가 그런 성격을 가진 자가 신의를 지키리라 믿었든, 네가 호의를 베풀되 아무 조

건 없이 또는 네 행동 자체로 이미 충분한 보상을 받았다고 생각하지 않고 베풀었든, 잘못은 명백히 너에게 있다.

5) 네가 어떤 사람에게 선행을 베풀었다면 더이상 무엇을 바라는가? 네 본성에 맞는 어떤 행동을 했다는 것으로 만족하지 못하고 그 대가를 바랄 것인가? 그것은 무엇을 보는 행위에 대하여 눈이 대가를 요구하고, 걷는 행위에 대하여 발이 대가를 요구하는 것과 같다. 마치 눈과 발이 특정한 목적을 위하여 만들어졌고 자신의 고유한 소질에 맞게 그 목적을 달성함으로써 대가를 받듯이, 선행을 베풀도록 태어난 인간은 선행을 베풀거나 공동체에 유익한 다른 일을 행함으로써 태어날 때의 목적을 달성하는 것이며, 그렇게 함으로써 대가를 받은 것이다.

X

1 오오, 내 혼이여! 너는 이제 드디어 선하고, 단순하고, 자신과 하나이고, 허울을 벗어 너를 둘러싸고 있는 육신보다 자신을 더 또렷이 드러내려 하는가? 이제 드디어 너는 사랑과 헌신의 심정을 맛보려 하는가? 이제 드디어 충만하고 자족하여, 더이상 쾌락을 충족시키기 위하여 바라는 것이 없고, 생명이 있는 것이든 생명이 없는 것이든 열망하지 않으려 하는가? 또한 네가 쾌락을 더 오래 충족시킬 수 있는 시간이나 장소, 공간, 좋은 날씨, 마음이 맞는 사람들도 바라지 않으려 하는가? 현재 상태에 만족하고, 현재의 모든 것에 기쁨을 느끼려 하는가? 그리고 네가 가진 것은 모두 신들에게서 유래하는 것이며, 신들의 마음에 드는 모든 것과, 선하고 정의롭고 아름다우며, 모든 것을 낳고 거느려 다스리고 포괄하며, 소멸하는 모든 것과 유사한 다른 것들이 태어나도록 모든 것을 포용하는 완전한 존재[1]를 유지하기 위하여 신들이 주려는 모든 것은 너에게 좋은 것이고 앞으로도 좋을 것이라고 너 자신에게 설득하려 하는가? 이제 드디어 너는 신들과 인간들과 같은 공동체에서 함께 살되 결코 그들을 비난하지 않고 그들에게서 멸시당하지 않는 그런 혼이 되려 하는가?

2 오직 자연의 지배를 받는 자로서의 너에게 네 본성이 요구하는 것이 무엇인지 살펴보라. 그러고 나서 동물로서의 너의 본성이 그 때문에 더 나빠지지 않는 한 그 요구를 행하고 받아들여라. 이어서 너는 동물로서의 너의 본성이 너에게 요구하는 것이 무엇인지 살펴보아야 한다. 그리고 이성적 동물로서의 너의 본성이 그 때문에 더 나빠지지 않는 한 그 요구를 모두 받아들여야 한다. 그런데 이성적인 존재는 공동체적 존재이기도 하다. 이런 규칙을 적용하여 어떤 일도 쓸데없이 행하지 마라.

3 너에게 일어나는 모든 일은 네가 본성상 참을 수 있거나 아니면 본성상 참을 수 없다. 따라서 본성상 참을 수 있는 일이 일어난다면, 불평하지 말고 네 본성에 따라 참도록 하라. 그러나 본성상 참을 수 없는 일이 일어나더라도 역시 불평하지 마라. 그 일은 너를 없앤 뒤 저도 없어질 것이기 때문이다. 그러나 불평하지 않는 것이 너에게 유익하고 네 의무라고 생각함으로써 그 일을 참고 견딜 수 있게 만드는 것이 네 판단에 달려 있는 한, 너는 본성상 무엇이든 다 참을 수 있다는 점을 명심하라.

4 누가 실수하면 친절하게 가르쳐주고 그가 무엇을 잘못했는지 지적해주어라. 그렇게 할 수 없으면, 너 자신을 탓하거나 아니면 너 자신조차 탓하지 마라.

5 너에게 무슨 일이 일어나든 그것은 태곳적부터 미리 정해져 온

것이다. 그리고 원인들의 밀접한 연결은 태곳적부터 네 존재와 네게 일어날 일을 함께 엮어놓았던 것이다.

6 우주가 원자의 집합체이든 아니면 질서정연한 전체이든, 나의 첫 번째 원칙은 나는 자연에 의해 지배되는 전체의 부분이라는 것이다. 두 번째로, 나는 같은 종류의 다른 부분들과 밀접한 관계가 있다. 이런 원칙을 명심한다면, 내가 부분인 한, 전체에서 내게 할당된 그 어떤 것에도 나는 불만을 품지 않을 것이다. 전체에 유익한 것은 결코 부분에 해롭지 않은 까닭이다. 전체는 자신에게 유익하지 않은 것은 아무것도 내포하지 않는다. 이것은 모든 본성의 공통점이다. 그러나 보편적 본성은 그 밖에 어떤 외부적 원인에 의해서도 자신에게 해로운 것을 생성하도록 강요받지 않는다는 특성을 지닌다.

2) 따라서 내가 자연에 의해 지배되는 전체의 부분이라는 점을 명심하면 내게 일어나는 모든 일에 만족할 것이다. 그리고 나와 종류가 같은 부분과 밀접한 관계를 맺고 있는 한, 나는 공동체의 이익에 반하는 행동을 하지 않고, 오히려 공동체에 유익하도록 모든 노력을 쏟고 그와 반대되는 것은 삼가게 될 것이다. 이런 원칙들을 지켜나가면, 동료 시민에게 유익한 일을 하나씩 실행하고 공동체가 부과하는 의무를 기꺼이 받아들이는 시민의 삶이 행복하리라고 네가 생각할 수 있듯이, 삶은 행복할 수밖에 없다.

7 전체의 부분, 다시 말해 본성상 우주에 포함되어 있는 것은 모두

반드시 소멸하게 마련이다. 여기서 '소멸한다'는 말은 '변한다'는 뜻이다. 그런데 소멸의 과정이 부분에게 본성상 악이고 불가피한 것이라면, 그 부분이 변화를 거듭하고 다양한 방법으로 소멸하게 되어 있는 한, 전체는 제 기능을 제대로 발휘하지 못할 것이다. 자연 자체가 자기 부분에 해를 입혀서 악에 빠지게 하고 그렇게 악에 빠질 수밖에 없도록 손을 쓴 것일까, 아니면 자연은 그렇게 된 줄도 모르고 있는 것일까? 둘 다 믿기 어렵다.

2) 누가 자연은 배제하고 사물을 자연법칙으로 설명한다고 가정하자. 그럴 경우 전체의 부분은 자연법칙에 따라 변한다고 주장하면서 동시에 어떤 일이 마치 자연법칙을 어기고 일어난 것처럼 놀라거나 분개한다는 것은 얼마나 가소로운 일인가. 사물은 각각의 사물을 구성하고 있는 요소들로 해체되기 마련인데 말이다. 해체란 사물을 구성하는 원소들이 분산되거나 고체 성분이 흙 성분으로, 기체 성분이 공기 성분으로 변환되는 것이다. 이들 성분도 우주가 주기적으로 불로 타오르든 아니면 영원한 변화에 의하여 새로워지든 우주의 이성 안으로 도로 흡수된다.

3) 고체 성분과 기체 성분은 그 성분들이 처음 생겨났을 때와 같은 것이라고 생각하지 마라. 그 성분들은 모두 엊그제 네가 섭취한 음식물과 들이마신 공기를 통해 네게 흘러들어간 것이다. 따라서 변하는 것은 네 본성이 받아들인 것이지 어머니가 낳아주었던 것이 아니다. 설사 네가 네 개성에 따라 이렇게 변하는 것과 밀접한 관계가 있다 해도, 그것은 지금의 주제에는 아무 의미도 없다.

8 일단 너 자신에게 선하고, 겸손하고, 진실하고, 지혜롭고, 공감하고, 고매하다는 이름을 붙인 다음에는 다른 이름이 붙여지지 않도록 조심하라. 그리고 그런 이름들을 잃게 되면, 서둘러 그런 이름들로 돌아가라. '지혜롭다' 함은 모든 대상을 정확하고 철저하게 파악하는 것을 뜻한다. '공감한다' 함은 보편적 자연이 할당하는 것을 기꺼이 받아들이는 것을 뜻한다. '고매하다' 함은 우리의 사고하는 부분을 육신의 순탄한 또는 거친 운동과 허튼 명성과 죽음 등등보다 더 높이 고양시키는 것임을 명심하라. 네가 그런 이름들을 고수하되 남들에게 그런 이름을 얻고 싶어하지 않는다면 너는 다른 사람이 되어 다른 삶으로 들어가게 될 것이다. 여전히 종전과 같은 상태로 남아 있고, 종전과 같은 삶을 살며 찢기고 더럽혀진다는 것은 너무나 무감각하고 생명에 집착하는 사람의 태도이다. 그런 사람은 격투기장에서 야수들과 싸우다가 반쯤 뜯어먹혀 온몸에 상처를 입고 피고름이 흐르는데도, 그런 상태로 똑같은 야수의 이빨과 발톱에게 또다시 내던져지려고 내일까지만 살아 있게 해달라고 간청하는 사람과 같다.

2) 그러니 그 얼마 안 되는 이름들을 얻기 위하여 노력하라. 그리고 그럴 수 있다면 마치 '복 받은 자들의 섬들'[2]로 이주한 것처럼 그 이름들 곁에 머무르도록 하라. 그러나 네가 그런 이름들에서 멀어졌다고 느껴지고 제어할 수 없게 되면, 네가 제어할 수 있는 구석으로 용감하게 물러나든지, 아니면 원망하지 말고 조용히 내면의 자유를 유지하며 겸손하게 완전히 삶을 떠나라. 그러면 너는 네 인생에서 적어도 그렇게 세상을 떠났다는 그 한 가

지는 해낸 것이다. 그런 이름들을 항상 기억하려면 신들을 생각하되, 신들은 아첨을 원하는 것이 아니라 모든 이성적 존재가 자신들과 같아지기를 원하며, 무화과나무는 무화과나무가 할 일을 하고 개는 개가 할 일을 하고 꿀벌은 꿀벌이 할 일을 하듯, 인간도 인간이 할 일을 하기를 원한다는 점을 생각하는 것이 너에게 큰 도움이 될 것이다.

9 익살극, 전쟁, 공포, 무기력, 굴종은 날마다 네가 자연을 연구하지 않고 생각만 하다 놓쳐버리는 너의 저 신성한 원칙을 지워버릴 것이다. 너는 모든 것을 고찰하고 수행하되, 동시에 눈앞의 과제가 완수되고, 이론적 이성이 작동하고, 개별 사물에 관한 지식에서 비롯되는 자신감이 은밀하지만 은폐되지 않은 채 유지되도록 해야 한다.

2) 도대체 언제 소박함을 즐기고 언제 엄숙함을 즐길 것인가? 언제 개별 사물의 실체가 무엇이며, 우주 안에서 그 실체가 어떤 위치를 차지하며, 본성상 얼마나 오랫동안 존속할 것이며, 어떤 성분으로 구성되어 있으며, 누구에게 속할 수 있으며, 그것을 주고 빼앗을 수 있는 자들은 어떤 자들인지 알아보는 지식을 즐길 것인가?

10 거미는 파리를 잡으면 자랑스러워한다. 어떤 자는 산토끼를, 어떤 자는 그물로 정어리를, 어떤 자는 멧돼지를, 어떤 자는 곰을, 어떤 자는 사르마테스족[3]을 잡으면 자랑스러워한다. 이들의 원

칙을 검토해보면, 이들은 날강도가 아닌가?

11 만물이 유기적으로 어떻게 변하는지 꿰뚫어보는 학문적 방법을 습득하고 항상 이에 전념하여 이 분야에서 수련을 쌓아라. 마음을 넓히는 데는 그만한 것이 없기 때문이다. 수련을 쌓은 사람은 이미 육신의 거죽을 탈피한 것이며, 머지않아 이 모든 것을 떠나 세상 사람들과 작별해야 한다는 것을 알고는 자신을 자기가 행하는 모든 일에서는 정의에, 자기가 당하는 모든 일에서는 보편적 자연에 전적으로 맡긴다. 그는 누가 자신에 관하여 무슨 말을 하든 무슨 생각을 하든 또는 자신에게 어떤 행동을 하든 전혀 개의치 않는다. 그는 지금 자신이 하는 일을 정의롭게 수행하고, 지금 자신에게 할당된 것을 사랑하는, 이 두 가지에 진심으로 만족하기 때문이다. 또한 그는 온갖 분주한 활동과 야망을 버리고 도덕률을 준수하며 목표를 향해 곧장 나아가, 그렇게 함으로써 신의 추종자가 되겠다는 것 외에 다른 소망을 지니지 않는다.

12 지금 무엇을 해야 할지 볼 수 있거늘 무엇을 망설이는가. 그것이 보이거든 뒤돌아보지 말고 흔쾌히 그것을 향해 나아가라. 그러나 보이지 않거든 멈춰 서서 가장 훌륭한 조언자에게 물어라. 그 조언에 다른 장애물이 생기면 주어진 가능성을 따라 심사숙고하며 앞으로 나아가되, 정의라고 생각되는 것에 의지하라. 정의에 도달하는 것이 최선이며, 실패란 곧 정의에 이르지 못함을 의미하기 때문이다.

2) 매사에 이성을 따르는 자는 마음의 여유가 있으면서도 활동적이고 표정이 밝고 침착하다.

13 잠에서 깨어나자마자 "정의롭고 고상한 일을 남이 폄하한다고 해서[4] 그게 나와 무슨 상관이지?"라고 스스로에게 물어보라. 아무 상관도 없을 것이다. 남을 제멋대로 칭찬하거나 폄하하는 자들은 침대에 누워 있을 때에도 식탁 앞에 앉아 있을 때에도 똑같이 처신한다는 사실을 잊은 것은 아니겠지? 너는 또 그들이 어떤 것을 행하고 피하고 추구하는지, 어떤 것을 훔치고 빼앗는지, 훔치고 빼앗되 손이나 발로가 아니라 원하기만 하면 신뢰, 겸손, 진리, 법, 선한 수호신을 태어나게 할 수 있는, 자신들의 가장 귀중한 부분으로 훔치고 빼앗는다는 사실을 잊은 것은 아니겠지?

14 모든 것을 주었다가 도로 거두어가는 자연에게 교양 있고 겸손한 사람은 이렇게 말한다. "그대가 원하는 것을 주고, 그대가 원하는 것을 거두어가시라." 그는 자연에게 만용을 부리며 이렇게 말하는 것이 아니라, 고분고분하게 그리고 호의를 가지고 말한다.

15 네 여생은 얼마 남지 않았다. 산 꼭대기에서 살듯이 살아라. 어디서나 우주의 시민으로 사는 것이라면 여기에서 살거나 저기에서 살거나 전혀 다를 바가 없다. 사람들이 너에게서 자연에 따라

서 살아가는 진실한 인간의 모습을 보고 인식하게 하라. 그들이 그런 너를 참아내지 못하면 너를 죽이게 하라. 그것이 그들처럼 사는 것보다 더 낫기 때문이다.

16 선한 사람은 어떠어떠해야 하는지 이제 더이상 논하지 말고, 그런 사람이 되라.

17 시간의 전체와 실체의 전체를 항상 상상하라. 모든 개별 부분은 실체에 견주면 무화과 씨에 불과하고, 시간에 견주면 송곳을 한 번 돌리는 순간에 불과하다.

18 존재하는 모든 개체를 고찰하되 이미 그것이 해체되고 변하고 있음을, 그러니까 썩거나 흩어지고 있음을, 또는 모든 것은 죽기 위하여 태어났음을 명심하라.

19 먹고, 자고, 교합하고, 배설하고, 그 밖의 짓을 할 때 그들은 어떤 자들인가. 또 군림하고 교만을 떨고 화를 내고 높은 자리에서 호통을 칠 때 그들은 어떤 자들인가. 조금 전만 해도 그들은 얼마나 많은 사람에게 어떤 목적을 위하여 종노릇을 했던가? 조금 뒤에도 그들은 전과 같은 처지일 것이다.

20 보편적 본성이 각자에게 가져다주는 것은 각자에게 유익하며, 보편적 본성이 가져다주는 바로 그 순간에 유익하다.

21 "대지는 비를 좋아한다. 존엄한 대기도 비를 좋아한다."[5] 우주도 일어나야 할 일을 하기를 좋아한다. 그래서 나는 우주에게 "나도 그대가 좋아하는 것을 좋아한다"고 말한다. "이런 일은 흔히 일어난다"라는 표현도 그와 같은 뜻이 아닐까?

22 너는 이곳에 살며 사는 것에 익숙해졌거나, 아니면 떠나가며 떠나기를 원했거나, 아니면 죽어가며 복무를 마친 것이다. 그 외에 다른 가능성은 없다. 그러니 용기를 내라.

23 시골도 마찬가지[6]이며, 이곳의 모든 사정도 산꼭대기나 바닷가나 그 밖에 네가 원하는 곳에서의 사정과 같다는 것을 늘 명심하라. "산속에서 주위에 우리를 짓고 양 떼의 젖을 짜는 사람"이라는 플라톤의 말[7]이 정곡을 찌른다는 것을 너는 알게 될 것이다.

24 나의 지배적인 정신은 내게 무엇인가? 나는 지금 그 정신을 어떤 것으로 만들고 있으며, 나는 지금 그것을 대체 어떤 목적에 사용하고 있는가? 그 정신에 지성이 결여되어 있지는 않겠지? 그 정신이 공동체에서 분리되어 떨어져 나온 것은 아니겠지? 가련한 육신과 유착되고 혼합되어 육신의 지배를 받지는 않겠지?

25 주인에게서 달아나는 자는 도망자이다. 그런데 법이 주인이니, 법을 어기는 자는 도망자이다. 슬퍼하거나 화내거나 두려워하는 자는, 만물의 지배자가 정해놓은 것들 가운데 어떤 것이 일어

나지 않았거나 일어나지 않거나 일어나지 않기를 원한다. 그러나 만물의 지배자에게 법은 각자에게 알맞은 일을 할당한다. 그러므로 두려워하거나 슬퍼하거나 화내는 자는 도망자이다.

26 남자는 자궁에 씨를 뿌리고 나서 떠난다. 그러면 곧 다른 원인이 그 씨를 맡아 다듬어 아이를 완성한다. 미미한 시작에서 비롯된 얼마나 놀라운 결과인가! 이어서 아이가 목구멍으로 음식물을 삼키면, 곧 또 다른 원인이 그 음식물을 맡아 감각과 충동을, 한마디로 생명과 힘과 그 밖의 다른 놀라운 것을 수없이 만들어낸다. 그러니 그렇게 은밀히 진행되는 과정을 고찰하고 그 동력을 관찰하되, 우리가 물체를 떨어지게 하는 힘과 솟아오르게 하는 힘을 맨눈으로 보듯이 그 동력을 보지 못해도 그에 못지않게 분명히 관찰하라.

27 지금 일어나고 있는 것과 같은 일들은 전에도 일어났음을 늘 명심하라. 그리고 앞으로도 일어날 것임을 명심하라. 네가 경험을 통하여 알고 있거나 역사 이야기에서 배운 비슷비슷한 연극과 무대들을, 예컨대 하드리아누스의 궁전 전체, 안토니누스의 궁전 전체, 필립포스와 알렉산드로스, 크로이소스[8]의 궁전 전체를 눈앞에 떠올려보라. 그 연극들도 지금 우리가 보고 있는 것과 같고, 배우들만 다르기에 하는 말이다.

28 무슨 일에 화를 내거나 불만스러워하는 자는 누구나 제물로 바

쳐질 때 버둥거리며 비명을 지르는 돼지와 같다고 생각하라. 혼자 침상에 누워 소리 없이 운명의 속박을 한탄하는 자도 그렇다. 또한 이성적 동물에게만 일어난 일들에 스스로 순종하는 것이 허용되었으나, 무조건 순종하는 것은 모든 존재에게 필연임을 생각하라.

29 무슨 일을 하든지 단계마다 멈춰 서서 스스로에게 물어보라. "이 일을 더이상 할 수 없기 때문에 죽음이 두려운 것이냐?"고.

30 누군가의 과오가 못마땅하거든, 즉시 자신에게로 돌아가서 너도 돈과 쾌락과 허튼 명성 등을 선으로 여김으로써 그와 비슷한 어떤 과오를 저지르고 있지는 않은지 반성해보라. 그렇게 하면 곧 노여움이 가라앉을 것이다. 특히 그가 강요에 못 이겨 그랬다는 생각이 문득 떠오르면 말이다. 그 사람인들 달리 어떻게 할 수 있겠는가. 또한 가능하다면 그에게서 강요를 없애주어라.

31 사튀론을 보면 소크라티코스나 에우튀케스나 휘멘을, 에우프라테스를 보면 에우튀키온이나 실바누스를, 알키프론을 보면 트로파이오포로스를, 세베루스를 보면 크리톤이나 크세노폰[9]을 떠올려보라. 너 자신을 보면 카이사르들 가운데 한 명을 떠올리고, 어떤 경우에든 비슷한 자를 떠올려보라. 그러면 너는 문득 생각할 것이다. "그들은 대체 어디 있지?" 아무 곳에도 없거나,

어디 있는지 아무도 모른다. 그러면 너는 인간사를 언제나 연기와 무(無)로 보게 될 것이다. 특히 한번 변한 것은 영원히 다시는 존재하지 못하리라는 데 생각이 미친다면 말이다. 그렇다면 왜 괴로워하는가? 왜 인생의 짧은 기간을 질서 있게 보내는 것으로 만족하지 못하는가?

2) 너는 시간과 기회를 놓치고 있는가? 사실 모든 것은 인생의 모든 영역을 자연학적 관점에서 정확하게 고찰하는 이성의 훈련장이 아니고 무엇이란 말인가? 그것들을 완전히 습득할 때까지 기다려라. 마치 튼튼한 위가 모든 것을 소화하고, 타오르는 불길이 네가 던진 모든 것을 화염과 불빛으로 바꾸듯이 말이다.

32 너는 소박하지도 선하지도 않다고 너에 관해 어느 누구도 당당하게 말하지 못하게 하라. 너를 그렇게 판단하는 자를 거짓말쟁이로 만들어라. 모든 것은 너에게 달려 있다. 네가 선하고 소박해지는 것을 막을 사람이 누구란 말인가. 그런 사람이 되지 못한다면 더이상 살지 않겠다고 마음먹어라. 이성도 네가 그런 사람이 되지 못하면 더이상 사는 것을 원치 않을 것이다.

33 주어진 조건에서 가장 건전하게 행하거나 말할 수 있는 것은 무엇일까? 그것이 무엇이든 그것을 행하거나 말하는 것은 너에게 달려 있다. 그러니 방해받고 있다고 핑계 대지는 마라.

2) 지금 주어진 조건에서 인간의 타고난 기질에 맞게 행동하는 것이 너에게는 탕아가 사치를 탐하는 것과 같은 의미라는 것을

느끼기 전에는 네 신음 소리가 그치지 않을 것이다. 네가 네 본성에 맞게 행할 수 있는 것은 모두 즐거움으로 간주되어야 하기에 하는 말이다. 그리고 본성에 맞게 행하는 것은 어디서나 가능하다.

3) 둥근 통이라고 해서 그것에 고유한 운동을 하는 것이 어디서나 허용되는 것은 아니다. 그 점은 물도, 불도, 그 밖에 자연이나 비이성적 혼의 지배를 받는 다른 것들도 마찬가지이다. 방해하고 길을 막는 것이 허다하기 때문이다. 그러나 정신과 이성은 본성상 원하는 대로 모든 장애물을 돌파할 수 있다. 불이 위로 올라가고, 돌이 아래로 떨어지고, 둥근 통이 언덕 아래로 구르듯 이성은 모든 것을 가볍게 돌파하리라는 점을 눈앞에 떠올리고, 그 이상의 것은 찾지 마라. 그 밖의 다른 장애물은 시신이나 다름없는 육신에 관계되거나, 억측을 하지 않고 이성 자체가 굴복하지 않는 한 이성을 망치거나 이성에 어떤 해도 입힐 수 없다. 그렇지 않다면 그런 일을 당하는 자는 당장 악해질 것이기 때문이다.

4) 실제로 다른 모든 피조물의 경우 그들 가운데 어떤 것에게 불상사가 일어나면 그런 일을 당한 피조물은 그로 인해 더 나빠진다. 그러나 더 나빠질 경우 인간은 자신에게 일어난 일을 잘만 이용하면 더 발전하고, 더 칭찬받을 만한 자가 된다고 말해야 할 것이다. 간단히 말해 국가에 해를 입히지 않는 것은 진정한 시민에게도 해를 입히지 않으며, 법에 해를 입히지 않는 것은 국가에도 해를 입히지 않는다는 점을 명심하라. 이른바 불상사라는 것

은 어떤 것도 법에 해를 입히지 않는다. 따라서 불상사는 법에 해를 입히지 않는 만큼 국가와 시민에게도 해를 입히지 않는다.

34 진정한 원칙에 투철한 자에게는 가장 짧고 진부한 경구로도 고통과 공포에서 벗어나야 한다는 점을 일깨워주기에 충분하다. 예컨대 다음의 경구가 그렇다.

"인간의 가문도 바람에 날리어 땅 위에 흩어지는 나뭇잎과 같은 것이오."[10]

네 자식들도 나뭇잎이다. 신념을 갖고 너에게 큰 소리로 찬동하고 찬사를 보내거나 반대로 너를 저주하거나 남몰래 욕하고 조롱하는 자들도 나뭇잎이다. 마찬가지로 우리의 사후 명성을 전하는 자들도 나뭇잎이다. 왜냐하면 그것들은 모두 *봄이 오면 새싹이 돋아나기 때문이다.*[11]

그러고 나면 바람이 나뭇잎을 떨구고, 숲은 그것들 대신 다른 잎이 돋아나게 한다. 짧은 삶은 만물에 공통된 것이다. 그런데도 너는 모든 것이 영원히 존속할 것처럼 무엇을 회피하거나 좇고 있구나. 잠시 뒤면 너는 눈을 감을 것이다. 그리고 너를 운구했던 사람을 위하여 곧 다른 사람이 통곡을 하리라.

35 건강한 눈은 보이는 것은 모두 보아야 하며 "나는 초록색만 보고

싶다"고 말해서는 안 된다. 그것은 병든 눈의 징후이기 때문이다. 건강한 청각과 후각은 들을 수 있는 것은 모두 듣고 냄새 맡을 수 있는 것은 모두 냄새 맡을 준비를 하고 있어야 한다. 건강한 위는, 마치 방아가 무엇이든 찧도록 되어 있는 것이면 다 찧듯이, 음식물이면 무엇이든 소화해야 한다. 그와 같이 건전한 정신은 일어나는 모든 일에 대비해야 한다. "내 자식들은 안전하게 해주소서!" 또는 "내가 무슨 짓을 하든 만인이 칭찬하게 해주소서!"라고 정신이 말한다면, 그 정신은 초록색만 반기는 눈이나 부드러운 것만 찾는 치아와 같다.

36 둘러서서 임종을 지키고 있는 무리 가운데 그에게 죽음이 다가오는 것을 기뻐할 사람이 한 명도 없을 만큼 유복한 자는 아무도 없다. 그가 탁월하고 현명한 사람이었다 해도, 결국에는 누군가 마음속으로 이렇게 말하는 자가 있을 것이다. "이 선생님이 가셨으니 이제 드디어 우리는 안도의 한숨을 쉴 수 있겠구나. 우리들 가운데 어느 누구도 모질게 대하지는 않았지만, 그가 은근히 우리를 경멸하는 것 같은 느낌을 받았으니까." 이는 어디까지나 탁월한 사람의 경우이고, 우리 같은 경우에는 수많은 사람이 우리에게서 벗어나고 싶어할 만한 다른 이유들이 얼마나 많겠는가. 임종할 때 너는 그런 생각을 하게 될 것이고, 다음과 같이 생각하면 더 편안하게 세상을 떠날 수 있을 것이다. 내가 그토록 애써주고 기도해주고 배려했던 동료들조차 내가 죽으면 자신이 좀 더 편안해질까 하고 내가 떠나기를 바라는 그런 세상을 나는

떠나고 있다. 그러니 누구든 더 오래 이곳에 머무르려고 아득바득 용을 쓸 까닭이 어디 있단 말인가?

2) 그렇다고 해서 그들에게 호의를 덜 보이며 떠나지는 말고, 네 본래의 성격대로 우정과 호의와 온유함을 보이도록 하라. 그리고 그들에게서 떨어져나가는 것처럼 떠나지 말고, 마치 편안하게 임종할 경우 혼이 육신에서 부드럽게 빠져나가듯이, 너도 그렇게 그들 곁을 떠나야 한다. 그들과 너를 묶어주고 맺어준 것은 자연인데, 이제 자연이 그 인연을 끊고 있기 때문이다. 그러면 너는 친족들 곁을 떠나듯 버둥대지도 않고 아무 강요도 받지 않으며 그들과 헤어질 것이다. 헤어지는 것도 자연의 섭리 가운데 하나이기 때문이다.

37 남이 행하는 모든 일에서도 되도록 너 자신에게 물어보는 습관을 들이도록 하라. "이 사람은 무엇을 노리고 이런 일을 하는 것일까?" 그러나 너 자신에게서 시작하고 너 자신부터 먼저 살펴보라.

38 너를 인형처럼 줄로 조종하는 것이 네 안에 숨어 있다는 것을 명심하라. 그것은 우리의 언변이고, 우리의 삶이며, 이렇게 말해도 된다면 그것은 인간이다. 그것을 상상할 때 네 혼을 담고 있는 그릇과 그 주위에 형성되어 있는 도구들[12]을 함께 떠올리지 마라. 그 도구들은 목수의 연장과 같은 것으로, 차이점이 있다면 육신에 부착되어 있다는 것이다. 이 부분들은 자신을 움직이

고 멈추게 하는 원인 없이는 직조공의 북이나 작가의 펜이나 마부의 채찍보다 더 유용하지 않다.

XI

1 이성적 혼의 특성은 다음과 같다. 이성적 혼은 자신을 보고, 자신을 분석하고, 자신을 원하는 대로 형상화하고, 자신에게 열려 있는 열매를 손수 수확하고—식물의 열매나 동물들에게 그와 유사한 것은 남들이 수확한다—인생의 종말이 어디서 닥치든 본래의 목표에 도달한다. 무용이나 연극 등의 예술에서는 어떤 방해가 생기면 상황 전체가 불완전해진다. 그와 달리 이성적 혼은 인생의 모든 단계에서 그리고 어디쯤에서 중단되더라도 자신 앞에 놓여진 과제를 완전하고 흡족하게 수행하기에 "나는 내 몫을 다했다"고 말할 만하다.

2) 나아가 이성적인 혼은 우주 전체와 그것을 둘러싸고 있는 허공을 두루 거닐며 우주의 형태를 규명하고 무한한 시간 속으로 뻗어나가 만물의 주기적 재생을 파악하고 고찰한다. 그렇게 함으로써 이성적인 혼은 우리 자손은 새로운 것을 보지 못할 것이고 우리 조상은 우리보다 더 많은 것을 보지 못했으며, 오히려 어떤 의미에서는 나이 마흔 된 사람이 약간의 이해력만 있다면 그 같음의 원칙에 따라 과거에 존재한 모든 것과 미래에 존재할 모든 것을 보았다는 것을 알게 된다. 이성적인 혼의 또 다른 특

성은 이웃에 대한 사랑과 진리와 겸손이며 어떤 것도 자신보다 더 높이 평가하지 않는다는 것이다. 이 점은 법의 특성이기도 하다. 그리하여 합리적 이성과 정의의 이성 사이에는 아무런 차이도 없다.

2 네가 선율을 하나하나의 음표로 분해해놓고 각각의 음표를 보며 "내가 이런 것에 압도당하고 있는가?"라고 자문한다면, 너는 듣기 좋은 음악과 무용과 팡크라티온[1]을 경멸하게 될 것이다. 그것에 압도당했다고 시인하는 것이 부끄럽기 때문이다. 무용의 경우에도 네가 하나하나의 동작과 자세를 분해한다면 그렇게 될 것이며, 팡크라티온의 경우도 그 점에서는 마찬가지이다. 간단히 말해, 미덕과 미덕에서 파생된 것이 아니라면 이를 명심하여 모든 사물의 구성 성분을 고찰하되 그것을 분해함으로써 사물 자체를 경멸하도록 하라. 똑같은 방법을 네 인생 전체에 적용하라.

3 그래야 한다면 당장이라도 육신에서 풀려나 소멸되든지 흩어지든지 존속할 각오가 되어 있는 혼은 얼마나 훌륭한가. 이러한 각오는 자신의 신념에서 우러나야지 (기독교도들의 경우처럼)[2] 단순한 반항[3]이어서는 안 된다. 오히려 이러한 각오는 신중하고 품위가 있어야 하며, 남에게도 설득력이 있어 보이려면 극적인 동작을 취해서는 안 된다.

4 너는 공동체의 이익을 위하여 무엇을 행한 적이 있는가? 그렇다

면 그로 인하여 덕을 본 것은 너다. 이 점을 항상 염두에 두고, 그 일을 결코 멈추지 마라.

5 네 재주는 무엇인가? "선한 자가 되는 것이오." 그러나 한편으로는 보편적 자연을, 다른 한편으로는 인간의 고유한 기질을 고찰하지 않고 어떻게 선한 자가 제대로 될 수 있겠는가?

6 처음에 비극이 공연된 것은, 우리에게 세상에서 일어나는 갖가지 일을 인식시키고, 이러저러한 일은 본성상 이러저러하게 일어나게 마련이며, 우리가 무대 위에서 매력적이라고 여기는 일들이 인생이라는 더 큰 무대에서 실제로 일어난다 해도 괴로워해서는 안 된다는 것을 일깨우기 위해서였다. 왜냐하면 이런 일들은 이런 결말을 맞게 마련이며, "아아, 키타이론이여!"[4]라고 부르짖는 자들도 이런 일들을 참아야 한다는 것을 우리는 보기 때문이다. 극작가들은 쓸 만한 말들을 했는데, 예컨대 다음과 같은 말이 특히 그러하다.

"나와 내 아들들이 신들에게 버림받았다면,
그럴 만한 이유가 있겠지요."[5]

그 밖에도

"일어나는 일들에 화를 내서는 안 되지요."[6]

"삶은 익은 곡식처럼 거둬들여야 하오."[7]

등이 있다.

2) 비극 다음에는 고(古)희극[8]이 공연되었는데, 고희극은 교육적인 목적을 위하여 언론의 자유를 사용했으며, 직설적인 표현을 통하여 효과적으로 겸손을 가르쳤다. 디오게네스[9]도 비슷한 이유에서 직설적인 표현을 받아들였다. 고희극 다음에는 어떤 목적으로 중기 희극이, 그리고 이어서 신(新)희극이 도입되었는지 살펴보라. 신희극은 점점 인생을 모방하는 기교로 타락하고 말았지만 이들 작가들도 쓸 만한 말들을 남긴 것은 널리 알려진 사실이다. 그러나 무엇보다도 이런 시와 희극이 전체적으로 추구한 목적은 무엇이었던가?

7 철학을 하기에는 인생의 어떤 다른 상황보다도 지금 네가 놓여 있는 상황만큼 적합한 것이 없다는 것은 명명백백하지 않은가!

8 이웃한 나뭇가지에서 베어진 나뭇가지는 나무 전체에서 베어질 수밖에 없다. 그와 같이 인간도 한 인간에게서 떨어져나가면 공동체 전체에서 떨어져나가는 것이다. 그런데 나뭇가지는 남이 베지만, 인간은 이웃을 미워하여 등을 돌림으로써 스스로 이웃과 자신을 분리한다. 인간은 그렇게 하고도 그와 동시에 공동체 전체에서 자신을 베어낸 것을 알지 못한다. 공동체를 만들어낸 제우스의 선물이 이런 상황에서도 남아 있으니, 그것은 우리가

이웃한 가지와 함께 자라서 다시 전체를 완성하는 한 부분이 될 수 있다는 것이다. 그러나 그러한 분리가 자주 반복되면 분리된 부분이 나머지 부분과 다시 결합하여 이전 상태로 복원되기가 어려워진다. 정원사가 무슨 말을 하든, 처음부터 나머지 부분과 함께 자라 함께 살아온 나뭇가지는 한 번 베어졌다가 다시 접목된 나뭇가지와 같지 않다. 함께 자라도 한마음은 아닌 것이다.

9 네가 올바른 이성의 길을 따라 나아가는 것을 방해하는 자들이 너를 올바른 행동에서 벗어나게 할 수 없듯이, 너는 또 그들이 너에게서 그들에 대한 호의를 빼앗지 못하게 하라. 오히려 너는 이 두 가지 원칙을 한결같이 고수하라. 네 판단과 행동을 견지하고, 너를 방해하거나 다른 방법으로 너를 화나게 하는 자들을 온유하게 대하는 것이다. 그들에게 화를 내는 것은 행동을 포기하고 겁이 나서 굴복하는 것 못지않은 나약함의 표시이기 때문이다. 주눅이 드는 자나, 본성적으로 친족이자 친구인 자를 혐오하는 자나 둘 다 똑같이 탈영병이다.

10 "어떤 자연도 기술에 뒤지지 않는다."[10] 기술은 여러 가지 자연 현상을 모방하기 때문이다. 그것이 맞다면, 가장 완전하고 다른 자연을 모두 포괄하는 그 자연은 어떤 기술자의 창작 재능에도 뒤지지 않을 것이다. 모든 기술은 더 우월한 것을 위하여 더 열등한 것을 만들어내는데,[11] 그 점은 보편적 자연도 마찬가지이다. 그리고 보편적 자연에서 정의가 태어나고, 정의에

서 다른 모든 미덕이 태어난다. 왜냐하면 우리가 선하지도 악하지도 않은 대상에 관심을 기울이거나 그런 것에 쉬이 속아 비틀거리거나 변덕을 부리면 정의는 유지되지 못할 것이기 때문이다.

11 네가 산란한 마음으로 좇거나 피하는 대상들은 너에게 다가오지 않고, 어떤 의미에서는 네가 그 대상들에게 다가간다. 그러니 대상들에 대한 판단을 중지하라. 그러면 그것들은 그 자리에 가만히 머물러 있을 것이고, 네가 좇거나 피하는 모습도 남의 눈에 띄지 않을 것이다.

12 혼의 구체[12]가 제 모습을 유지하는 것은, 혼이 무언가를 향해 뻗어나가지도 않고 안으로 오그라들지도 않고, 확장되지도 않고 수축되지도 않고, 오히려 불빛으로 밝아져 그 불빛으로 만물의 진리와 자신 안의 진리를 볼 때이다.

13 누가 나를 경멸한다면? 그것은 그가 알아서 할 일이다. 내가 알아서 할 일은 경멸받을 말과 행동을 하지 않는 것이다. 그가 나를 미워하게 된다면? 그가 알아서 할 일이다. 내가 할 일은 누구나 친절하고 호의적으로 대하고, 특히 그에게는 그의 잘못을 기꺼이 지적해주되 나무라거나 내가 참고 있다는 것을 과시하지 말고, 저 유명한 포키온[13]처럼—그가 진심에서 그런 말을 했다면—점잖고 신사답게 지적해주는 것이다. 인간의 내면은 그런

것이어야 하며, 어떤 일에도 화내지 않고 불평하지 않는 인간의 모습을 신들에게 보여야 한다. 네가 네 본성에 맞는 것을 행하고, 어떻게든 공동체의 이익을 증진시키는 사명을 받은 인간으로서 보편적 자연이 지금 너에게 시의적절하다고 여기는 것을 받아들인다면, 네게 무슨 불상사가 일어나겠는가?

14 사람들은 서로 경멸하면서 서로 아부하고, 서로 능가하기를 바라면서 서로 굽실댄다.

15 "나는 너를 솔직하게 대하기로 결심했어"라고 말하는 자는 얼마나 건전하지 못하고 불순한가. 인간이여, 너는 무슨 짓을 하고 있는가? 그런 말은 미리 할 필요가 없다. 그런 의도는 저절로 드러나고 이마에 쓰여 있기 마련이니까. 마치 애인이 상대의 눈에서 단번에 모든 것을 알아채듯, 그런 의도는 목소리의 울림만 들어도 당장 알 수 있고, 눈을 보아도 당장 알 수 있다. 악취를 풍기는 자의 경우와 마찬가지로, 소박하고 선한 자에게 다가서는 사람도 다가가는 순간 원하든 원하지 않든 그것을 알아챈다. 그러나 위장된 솔직함은 비수와 같다. 늑대의 우정보다 더 수치스러운 것은 없다. 무엇보다도 그런 우정을 피하라. 선하고 소박하고 호의적인 사람은 그 모든 특징을 눈에 드러내며, 그런 특징들은 숨겨져 있지 않다.

16 가장 아름답게 살 수 있는 능력은 혼 안에 내재한다. 누군가 선

하지도 악하지도 않은 것에 무관심하기만 하다면 말이다. 그는 선하지도 악하지도 않은 것을 부분적으로 보든 전체적으로 보든 그것 가운데 어떤 것도 자신에 대한 판단을 강요하지 않거니와, 우리에게 다가오는 것도 아니라는 점을 생각하면 그런 태도를 취하게 될 것이다. 선하지도 악하지도 않은 것들은 꼼짝 않고 서 있는데, 그것들을 판단하고 우리의 마음속에 각인해두는 것은 우리 자신이다. 사실 우리는 그런 것들을 각인해둘 필요조차 없으며, 무의식중에 그렇게 한다 해도 단번에 지워버릴 수 있으니 말이다. 우리가 그런 것들에 주의를 기울이는 것은 잠시 동안이고, 그러고 나면 인생도 끝날 것이라는 점 또한 명심하라. 그렇다면 그것들에 어찌 불만을 품겠는가? 선하지도 악하지도 않은 것들이 자연에 맞는다면, 그것들을 즐겨라. 그러면 그것으로 인해 어려움을 겪지는 않을 것이다. 자연에 어긋난다면 네 본성에 맞는 것을 찾고, 명성을 가져다주지 않는다 하더라도 네 본성에 맞는 것을 추구하라. 자신의 고유한 선을 찾는 자는 누구나 용서받을 수 있기 때문이다.

17 각각의 사물은 어디에서 왔으며, 어떤 성분으로 구성되어 있으며, 무엇으로 변하며, 변한 다음에는 어떤 상태가 되는가를 생각하되, 변하더라도 아무런 해도 입히지 않는다는 것을 생각해야 한다.

18 첫째, 네가 사람들과 맺는 관계를 염두에 두되, 우리는 서로를

위하여 태어났다고 생각하라. 관점을 바꾸어, 마치 숫양이 양 떼를 이끌듯, 또는 황소가 소 떼를 이끌듯, 나는 그들을 이끌기 위하여 태어났음을 생각하라. 처음에는 다음과 같은 전제에서 출발하라. 우주가 단순히 원자의 집합체가 아니라면, 전체를 다스리는 것은 자연이다. 이것이 사실이라면, 열등한 것은 우월한 것을 위하여 존재하고 우월한 것은 서로를 위하여 존재한다.

2) 둘째, 식탁 앞에 앉아 있거나 침상에 누워 있거나 그 밖의 다른 상황에서 그들이 어떤 인간들인지 생각해보라. 무엇보다도 그들이 자신의 원칙에서 어떤 강압을 받고 있으며, 자신이 행하는 일을 얼마나 오만하게 행하는지 생각해보라.

3) 셋째, 사람들이 올바르게 행동한다면 우리는 화를 내서는 안 된다. 옳지 않다면, 마지못해 그렇게 했거나 무지의 소치임이 명백하다. 왜냐하면 혼은 마지못해 진리를 빼앗기듯이, 각자에 대한 적절한 처신도 마지못해 빼앗기기 때문이다. 그래서 사람들은 불의하고 무정하고 탐욕스럽다는, 한마디로 이웃에게 잘못을 저지르는 자라는 말을 들으면 분개한다.

4) 넷째, 너도 많은 잘못을 저지르고 있으며, 다른 사람들과 같은 사람이라는 것을 생각해보라. 그리고 네가 어떤 잘못을 저지르지 않는다면, 비겁해서, 또는 명예욕 때문에 또는 그와 비슷한 다른 동기에서 그들과 같은 잘못을 저지르지 않더라도 너에게도 그런 잘못을 저지를 기질이 있다는 점을 생각해보라.

5) 다섯째, 사람들이 실제로 잘못을 저지르고 있는지 너는 확신하지 못한다는 것을 생각해보라. 많은 일들이 특정한 목적에 이

바지하기 위해 일어나기 때문이다. 간단히 말해, 남의 행동을 적절하게 판단할 수 있으려면 그보다 먼저 많은 것을 알아두어야 한다.

6) 여섯째, 몹시 화가 나거나 속이 상하면, 인생이 한순간이며 잠시 뒤면 우리 모두 묻히게 된다는 것을 생각해보라.

7) 일곱째, 우리를 괴롭히는 것은 사람들의 행동이 아니다. 그들의 행동은 그들의 지배적 이성에 근거하기 때문이다. 우리를 괴롭히는 것은 사실은 그들의 행동에 대한 우리의 의견이다. 따라서 우리의 의견을 근절하고 그들의 행동이 끔찍하다는 판단을 내버릴 각오를 하라. 그러면 분노는 가라앉을 것이다. 그렇다면 어떻게 그러한 의견을 근절할 것인가? 어떤 모욕도 너에게 치욕을 안겨주지 못한다고 생각하면 가능하다. 그렇지 않다면 너는 남이 그렇다고 말하는 까닭에 수많은 잘못을 저질러 강도나 무엇이든 할 수 있는 범죄자가 될 수밖에 없을 것이다.

8) 여덟째, 우리를 화나게 하고 슬프게 하는 그들의 행동보다는 그러한 행동에 대한 우리의 분노와 슬픔이 얼마나 더 괴로운 것인지 생각해보라.

9) 아홉째, 네 호의가 꾸민 것이나 위선이 아니고 진지한 것이라면 누구든 당해낼 적수가 없다. 네가 상대방에게 변함없이 호의적이고, 기회 있을 때마다 좋게 타이르고, 상대방이 너에게 해를 입히려는 순간 "그러지 말게, 이 사람아. 우리는 다른 일을 하려고 태어났네. 나는 결코 해를 입지 않을 것이며, 오히려 자네가 자신에게 해를 입히고 있는 것일세, 이 사람아"라고 조용

히 상대방에게 바른길을 가르쳐준다면, 아무리 오만불손한 자라도 너에게 무슨 짓을 할 수 있겠는가? 그러고 나서 상대방에게 재치 있게 그것은 사실이며, 꿀벌이나 그 밖에 모여 살도록 태어난 다른 피조물도 해를 입히는 행동을 하지 않는다는 점을 에둘러 지적해주어라. 빈정대거나 나무라는 말투가 아니라 마음에 상처 받지 않도록 다정하게 지적해주되, 학생을 훈계하듯 하거나 옆에 있는 사람에게 감탄받으려 하지 말고, 옆에 다른 사람이 있더라도 단둘이 있는 것처럼 행동하라.

10) 이 아홉 가지 원칙을 무사 여신[14]들의 선물로 여기고 항상 명심하라. 그리고 아직 살 날이 남아 있는 동안 드디어 인간이 되기 시작하라. 또한 사람들에게 성내지도 아첨하지도 않도록 조심하라. 이 두 가지는 반(反)공동체적이어서 공동체에 해로운 영향을 주는 경향이 있기 때문이다. 화가 날 때는, 남자다운 것은 분노가 아니라 온유함과 상냥함이며, 이런 태도가 더 인간적일 뿐 아니라 더 남자다우며, 힘과 근육과 용기를 지닌 자는 이런 성격을 갖지 화내고 불만스러워하는 성격이 아니라는 생각을 떠올려라. 인간의 성격은 감정에서 자유로워질수록 그만큼 더 힘이 강해지기 때문이다. 슬픔이 나약함의 표시이듯, 분노도 나약함의 표시이다. 이 두 경우 모두 인간은 상처받고 항복하기 때문이다.

11) 원한다면 무사 여신들의 지휘자[15]에게서 열 번째 선물을 받도록 하라. 악당이 잘못을 저지르기 않기를 기대한다는 것은 미친 짓이다. 불가능한 것을 바라기 때문이다. 그러나 그들이 다

른 사람에게 그런 짓을 하는 것을 용인하면서 너에게는 잘못을 저지르지 않기를 기대하는 것은 어리석고 폭군 같은 짓이다.

19 너는 특히 지배적인 이성이 빠지기 쉬운 네 가지 미로를 늘 경계해야 하며, 그 미로가 보인다면 매번 이렇게 말하며 당장 제거해야 한다. "이 생각은 필요한 것이 아니다. 이 생각은 공동체를 해체할 수 있다. 네가 말하려는 것은 네 본심이 아니다." 본심이 아닌 것을 말하는 것은 가장 부조리한 것으로 여겨져야 하므로. 네 번째 미로는 너 자신을 책망하는 것이다. 왜냐하면 그것은 네 안의 신적인 부분이 덜 존경스럽고 죽게 마련인 부분, 즉 육신과 육신의 조야한 의견들에 패배하고 굴복했음을 인정하는 것이기 때문이다.

20 네 몸과 섞여 있는 혼과 모든 불의 성분은 본성상 위로 떠오르게 되어 있지만 우주의 질서에 순응해 여기 지상에서 네 육신의 복합체 안에 붙들려 있다. 또 네 안에 존재하는 흙의 성분과 물의 성분은 모두 아래로 향하는 경향이 있음에도 위로 끌어올려져 자신들의 본성에 맞지 않는 자리를 차지하고 있다. 이렇듯 원소들도 전체에 복종하며, 일단 어떤 곳에 배치되면 전체로부터 다시 해체되라는 신호가 주어지기 전에는 강제로 그곳에 머물러 있다.
2) 그렇다면 이성적 부분만이 반항하고 제 위치를 못마땅해한다면 이상한 일이 아닌가? 그러나 이성적 부분에는 어떤 강압도

가해지지 않고 제 본성에 맞는 것들만 주어진다. 그런데도 이 부분은 그것조차 용납하지 못하고 반대 방향으로 이탈한다. 왜냐하면 불의와 방종과 분노와 슬픔과 공포를 향한 움직임은 자연으로부터의 이탈일 뿐이기 때문이다. 그리고 지배적 이성은 어떤 사건을 못마땅하다고 여기는 순간 제자리를 이탈한다. 지배적 이성은 정의를 위해서만이 아니라 그에 못지않게 경건함과 신에 대한 두려움을 위해서 만들어졌기 때문이다. 이런 미덕도 공동체 정신에 포함되며, 사실은 정의로운 행동보다 더 존중받아야 한다.

21 삶의 목표가 늘 한결같지 않은 사람은 전 생애를 한결같이 살 수 없다. 그러나 방금 말한 것만으로는 불충분하고 그 목표가 어떤 것이어야 마땅한지를 덧붙여야 한다. 마치 어떤 의미에서 다수가 선으로 간주하는 모든 사물에 관해서는 의견이 일치할 수 없지만 특정 사물, 이를테면 모두에게 공통된 사물에 관해서는 의견이 일치할 수 있듯이, 우리도 공동체와 국가에 이익이 되는 목표를 설정해야 한다. 자신의 모든 노력을 이런 목표에 쏟아붓는 사람은 모든 행동이 한결같을 것이고, 따라서 그 자신도 늘 한결같을 것이기 때문이다.

22 시골 쥐와 도시 쥐를 생각해보라. 그리고 도시 쥐가 겁이 나서 허둥지둥 도망치는 장면을 생각해보라.[16]

23 소크라테스는 대중의 의견을, 아이들을 놀라게 하는 도깨비인 라미아[17]라고 부르곤 했다.

24 라케다이몬인들[18]은 축제 때 이방인들에게는 그늘에 자리를 배정해주고, 자신들은 아무 자리에나 앉았다.

25 소크라테스는 페르딕카스[19]의 초대에 응하지 않은 이유로 "내가 가장 비참하게 죽지 않기 위해서지요"라고 전하게 했는데, 그것은 대접을 잘 받고도 거기에 보답하지 못하는 처지가 되지 않기 위해서라는 뜻이다.

26 에페소스인들[20]의 저술에는 미덕을 실천한 선현(先賢)들 가운데 적어도 한 분을 항상 기억하라는 충고가 적혀 있다.

27 퓌타고라스학파가 이르기를 새벽에 하늘을 쳐다보라고 했는데, 그것은 언제나 같은 궤도를 따라 같은 방법으로 자신이 맡은 일을 완수하는 천체뿐 아니라, 그 질서와 청정함과 적나라함을 우리에게 상기시키기 위해서였다. 별을 가리는 베일은 없기 때문이다.

28 크산팁페[21]가 소크라테스의 겉옷을 갖고 나갔을 때 그가 몸에 양가죽을 두른 모습을 생각해보라. 또한 그 모습을 본 친구들이 창피해서 뒤로 물러섰을 때 소크라테스가 그들에게 무슨 말[22]을 했

는지 생각해보라.

29 *쓰기와 읽기를 먼저 배우기 전에는 남을 가르칠 수 없다. 인생은 더욱 그렇다.*

30 *너는 노예로 태어났으니, 이성과는 상관없다.*[23]

31 *내 마음은 웃었소.*[24]

32 *그들은 미덕을 심한 말로 나무랄 것이오.*[25]

33 *겨울에 무화과를 구하는 자는 미친 자이다. 더이상 아이를 갖지 못할 나이에 아이를 기대하는 자도 그렇다.*[26]

34 에픽테토스는 "어떤 사람이 제 자식에게 입맞출 때 '내일 이 아이가 죽을지도 모르는 일이야'라고 마음속으로 속삭여야 한다"라고 말했다. 그건 재수 없는 말이 아니냐고? "천만에!" 하고 에픽테토스는 대답했다. "자연의 과정을 뜻하는 것이라면 어떤 것도 재수 없는 말이 아니다. 그렇지 않다면 곡식이 베어진다는 표현도 재수 없는 말일 것이다."

35 덜 익은 포도, 무르익은 포도, 건포도. 모든 게 변한다. 그러나 무로 변하는 것이 아니라, 지금 현존하지 않는 것으로 변한다.

36 "우리의 자유의지를 빼앗아가는 자는 아무도 없다."[27] 에픽테토스의 말이다.

37 에픽테토스는 또 이렇게 말했다. "우리는 동의를 표명하는 기술을 발견해야 하며, 의욕의 영역에서는 의욕이 유보 조항에 따라 제어되고, 공동체에 유익하고, 가치에 비례하도록 각별히 주의해야 한다. 그리고 우리는 욕망은 전적으로 억제해야 하고, 우리가 마음대로 할 수 없는 것은 피해야 한다."[28]

38 에픽테토스는 이런 말도 했다. "우리는 평범한 대상 때문이 아니라 우리가 미쳤느냐 아니냐 하는 문제로 싸우고 있다."[29]

39 소크라테스는 말했다. "너희는 무엇을 바라는가? 갖고 싶은 것이 이성적 존재냐 아니면 비이성적 존재냐?" "이성적 존재이지요." "어떤 이성적 존재 말인가? 건전한 것이냐 건전하지 못한 것이냐?" "건전한 것이지요." "그렇다면 왜 너희는 그것을 구하지 않느냐?" "우리는 건전한 것을 이미 갖고 있기 때문이지요." "그렇다면 너희는 왜 싸우고 반목하느냐?"[30]

XII

1 네가 우회로를 지나 도달하고 싶어하는 모든 것은 지금이라도 가질 수 있다. 네가 너 자신에게 그것을 거절하지 않는다면. 네가 모든 과거를 뒤로하고, 미래를 섭리에 맡기고, 현재만을 경건과 정의에 따라 바꾸어나간다면 말이다. 경건에 따라야만 너는 네게 주어진 몫을 사랑할 수 있다. 자연이 그 몫을 너에게 그리고 그 몫에게 너를 가져다주었기 때문이다. 정의에 따라야만 너는 자유롭고 솔직하게 진리를 말하고, 법과 사물의 가치에 부합하는 일을 행할 수 있다. 그러니 남의 사악함이나 너 자신의 판단이나 남의 말이나 너를 둘러싸고 자란 육신의 감각이 너를 방해하지 못하게 하라. 그런 것들은 그런 것들에서 영향을 받는 네 육신이 돌보게 하라.

2) 네가 생을 마감하게 되어 다른 것은 모두 포기하고 네 지배적 이성과 네 안의 신적인 요소만을 존중하고, 언젠가는 삶을 끝내야 한다는 것이 아니라 아직도 자연에 따르는 삶을 시작하지 못한 것을 두려워한다면, 너는 너를 낳아준 우주에 어울리는 인간이 될 것이다. 그러면 네 조국에서 더이상 이방인이 되지 않을 것이며, 날마다 일어나는 일을 마치 예견하지 못한 양 더이상 놀

라지 않을 것이다. 이러저러한 것에 더이상 매달리지도 않을 것이다.

2 신은 모든 인간의 지배적 이성을 물질적 그릇과 거죽과 불순물을 벗겨놓은 상태로 본다. 왜냐하면 신은 오직 자신의 이성적 부분을 통해, 자신에게서 흘러나와 인간의 지배적 이성으로 흘러들어간 부분과만 접촉하기 때문이다. 너도 그렇게 보는 버릇을 들이면, 숱한 근심걱정에서 벗어날 것이다. 자신을 둘러싼 육신을 거들떠보지도 않는 자가 옷이나 집이나 명망이나 그런 종류의 장식품이나 겉치레로 시간을 낭비하겠는가?

3 너는 육신, 호흡, 정신의 세 부분으로 이루어져 있다. 앞의 두 가지는 네가 돌봐야 한다는 점에서 네 것이지만, 세 번째 것만이 진정한 의미에서의 네 것이다. 따라서 다른 사람이 행하거나 말하는 모든 것, 너 자신이 행했거나 말한 모든 것, 장래에 너를 괴롭힐 모든 것, 너를 둘러싼 육신과 그 안에 심어진 호흡의 일부로서 네 의사와는 관계없이 너에게 부착되어 있는 모든 것, 네 밖에서 맴도는 소용돌이가 휩쓸어가는 모든 것을 너 자신에게서, 즉 네 정신에서 멀리한다면, 그리하여 네 정신적 능력이 운명의 쇠사슬을 벗어나 순수하게 모든 장애에서 풀려나 혼자서 살아가며 올바른 것을 행하고 일어나는 일을 원하고 진리를 말한다면—다시 말해 네가 이 지배적 이성에서 정념으로 인하여 거기에 들러붙어 있는 모든 것과 미래사와 과거사를 멀리한다면

—그리고 너 자신을 엠페도클레스[1]의 *주위를 둘러싼 고독을 즐기는 구체(球體)*[2]처럼 만든다면, 그리고 네가 살고 있는 삶, 즉 현재만을 살고자 노력한다면, 너는 네 여생을 평온하고 유쾌하게 너 자신의 수호신과 사이좋게 보낼 수 있을 것이다.

4 어째서 사람들은 저마다 어느 누구보다 자신을 더 사랑하면서도 자신에 관해서는 남들의 판단보다 자신의 판단을 덜 평가하는지 나는 자주 의아하게 생각했다. 아무튼 누군가에게 신이나 현명한 스승이 다가가, 생각하자마자 큰 소리로 말할 수 없는 것은 마음에 품지도 생각하지도 말라고 명령한다면, 그는 단 하루도 견디지 못할 것이다. 그러므로 우리는 자신의 의견보다는 이웃의 의견에 더 경의를 표하게 된다.

5 신들은 인간에 대한 호의에서 만사를 훌륭하게 정돈해놓았거늘, 신성과 더없이 친밀한 관계를 맺고 있고, 경건한 행위와 신성한 의식을 통해 신성과 더없이 친근한 사이가 된 소수의 탁월한 인간들도 일단 죽고 나면 다시는 태어나지 못하고 완전히 소멸해버린다는 이 한 가지 사실을 어떻게 간과할 수 있었을까? 소멸하는 것이 사실이라면, 그와는 달라야 한다면, 신들은 그와는 달리 만들어놓았을 것이라고 확신하라. 왜냐하면 소멸하는 것이 옳다면 소멸은 또한 가능했을 것이고, 그 소멸이 자연에 맞는다면 자연이 그것을 가능하게 만들었을 것이기 때문이다. 그러므로 그렇지 않다는 사실에서, 너는 실제로 그렇지 않다면 그

래서는 안 되었다고 확신하라. 너도 보다시피, 그런 질문을 하는 것은 신에게 시비를 거는 것이니까. 그러나 신들이 가장 선하고 가장 올바르지 않다면, 우리는 그런 식으로 신들에게 따질 수 없을 것이다. 신들이 가장 선하고 가장 올바르다면, 우주에 질서를 부여할 때 어떤 것이 부당하고 불합리하게 방치되는 것을 간과하지 않았을 것이다.

6 도저히 해내지 못할 것 같은 것들도 연습해보라. 많이 써보지 않아 다른 일에는 느린 왼손도 고삐는 오른손보다 더 단단히 잡는다. 왼손은 이 일을 익혀두었기 때문이다.

7 죽음에 따라잡혔을 때 육신과 혼이 어떤 상태이겠는지 생각해보라. 그리고 인생의 짧음과, 네 앞과 네 뒤의 무한한 시간, 모든 질료의 취약함을 생각하라.

8 사물의 원인을 보되 거죽을 벗기고 보라. 인간 행동의 목표를 보라. 고통과 쾌락과 죽음과 명성의 본질을 보라. 누가 자신의 불안에 책임이 있는지 보라. 어느 누구도 남에게 방해받을 수 없으며, 모든 것이 우리의 의견이라는 점을 생각하라.

9 네 기본 원칙들을 적용할 때는 팡크라티온 선수처럼 해야 하고, 검투사처럼 해서는 안 된다. 검투사는 사용하던 칼을 떨어뜨리면 죽지만, 팡크라티온 선수는 자신의 주먹을 항상 갖고 있어서

그 주먹을 꽉 쥐기만 하면 되기 때문이다.

10 사물을 질료와 원인과 목적으로 구분함으로써 그 실체가 어떤 것인지 보라.

11 신이 칭찬할 것만 행하고 신이 자신에게 할당하는 것은 무엇이든 받아들일 수 있으니 인간은 얼마나 큰 능력을 갖고 있는가!

12 자연에 맞는 일로 신을 비난해서는 안 되고, 인간을 비난해서도 안 된다. 신은 의도적이든 궁지에 몰려서든 실수를 저지르지 않고, 인간은 궁지에 몰려서만 실수를 저지르기 때문이다. 그러므로 어느 누구도 비난해서는 안 된다.

13 인생에서 일어나는 어떤 일에 놀라다니 이 얼마나 가소롭고 세상 물정 모르는 사람인가!

14 운명적 필연성과 벗어날 수 없는 질서가 지배하거나, 자비로운 섭리가 지배하거나, 지도자 없는 무의미한 혼돈이 지배한다. 벗어날 수 없는 필연성이 지배한다면, 너는 왜 반항하는가? 자비를 베풀 용의가 있는 섭리가 지배한다면, 너 자신을 신의 도움을 받을 자격이 있게 만들어라. 지도자 없는 혼돈이 지배한다면, 그런 거센 파도 속에서도 네 안에 지배적 이성을 갖고 있음을 기뻐하라. 파도가 너를 휩쓸어가더라도 육신과 호흡과 그 밖의 다

른 것들은 휩쓸어가게 내버려두라. 네 정신만은 휩쓸려가지 않을 것이기 때문이다.

15 등불은 꺼질 때까지 비추며 빛을 내뿜는다. 하거늘 네 안의 진리와 정의와 절제는 때가 되기도 전에 먼저 꺼지겠느냐?

16 누가 잘못을 저지른 것처럼 생각될 때는 "그가 잘못을 저질렀다는 것을 내가 어떻게 알지?"라고 자문해보라. 그가 정말로 잘못을 저질렀다면, '그는 스스로 자책하고 있다.' 그리고 '그는 제 얼굴을 할퀴는 사람과 같다'고 생각하라.

2) 사악한 자가 잘못을 저지르지 않기를 바라는 자는, 무화과나무가 그 열매 속에 쓰디쓴 액즙을 만들어내고, 어린아이가 울어대고, 말이 울부짖는 등의 일이 일어나지 않기를 바라는 자와도 같다. 그런 기질을 가진 자에게 다른 무엇을 기대할 수 있겠는가? 그런 일에 짜증이 난다면, 그런 기질부터 고쳐라.

17 적절하지 않으면 행하지 말고, 진실하지 않으면 말하지 마라. 네 욕구는 너에게 달려 있다.

18 항상 전체를 보되, 네게 인상을 주는 모든 것을 원인과 질료와 목적, 그것이 반드시 끝나게 되어 있는 시간으로 구분함으로써 정확히 규명하라.

19 정염을 만들어내고, 너를 인형처럼 줄로 조종하는 것보다 더 우월하고 더 신적인 것을 네 안에 갖고 있다는 것을 이제 드디어 인식하라. 지금 내 마음을 지배하는 것은 무엇일까? 두려움이나 의심, 욕망 같은 것은 아니겠지?

20 첫째, 목적 없이 무턱대고 행동하지 마라. 둘째, 공동체에 유익한 것만을 네 행동 목표로 삼아라.

21 머지않아 너는 어느 곳에도 존재하지 않을 것이며, 네가 지금 보고 있는 모든 것과 지금 살아 있는 모든 사람도 마찬가지라는 점을 명심하라. 왜냐하면 만물은 다른 것들이 나름의 순서에 따라 생겨나도록 변하고 바뀌고 소멸하기 때문이다.

22 모든 것은 의견에 지나지 않고, 의견은 너에게 달려 있음을 명심하라. 따라서 원할 때는 의견을 버려라. 그러면 이미 곶을 돈 뱃사람처럼 너는 모든 것이 평온한 가운데 잔잔한 바다를 지나 안전한 항구로 들어설 것이다.

23 어떤 행위이든 적절한 때에 끝나면 끝났다고 해서 해를 입지 않으며, 그 행위자도 그 행위가 끝났다고 해서 해를 입지 않는다. 마찬가지로 모든 행위의 총화(總和)인 인생도 적절한 때에 끝나기만 하면 끝났다고 해서 해를 입지 않으며, 그 일련의 행위를 제때에 끝내는 자도 해를 입지 않는다. 그러나 적절한 때와 한계

는 자연이 결정한다. 노년의 경우는 우리의 고유한 본성이 결정하는 때도 있지만, 원칙적으로 자연이 결정한다. 부분들이 변함으로써 우주 전체가 늘 젊음과 전성기를 유지한다. 그런데 전체에 유익한 것은 무엇이든 언제나 선하고 시의적절하다. 따라서 삶의 멈춤도 우리의 의사와 관계없고 공동체에 해롭지 않은 만큼, 수치스러운 것이 아니기에 각자에게 악이 아니다. 오히려 삶의 멈춤은 공동체를 위하여 적절한 때에 일어나고, 공동체에 유익하고 그렇게 함으로써 자신도 덕을 보는 만큼 선이다. 그런 의미에서 신과 같은 길을 따라 움직이고 생각이 신과 같은 목표를 향해 움직이는 자는 신에 의하여 움직이는 자이다.

24 다음의 세 가지 원칙을 늘 명심하라. 첫째, 어떤 행동을 하든 무턱대고 행하거나 또는 정의 자체가 행하는 것과 다르게 행해서는 안 된다. 밖에서 일어나는 모든 일은 우연이나 섭리에 달려 있고, 우연을 나무라거나 섭리를 비난해서는 안 된다는 점을 생각하라. 둘째, 개개의 존재는 씨가 뿌려졌다가 혼을 받을 때까지, 혼을 받았다가 혼을 돌려줄 때까지 어떤 성질을 띠며, 어떤 성분들로 구성되어 있으며, 어떤 성분들로 해체되는지 생각해 보라. 셋째, 네가 갑자기 공중으로 들어올려져 인간사와 그 변화무쌍함을 내려다보게 된다면, 그와 동시에 대기와 하늘에 사는 얼마나 많은 무리〔천체〕가 네 주위를 에워싸고 있는지 보게 된다면, 너는 인간사를 경멸하게 되리라는 점을, 네가 아무리 자주 들어올려져도 똑같은 광경을, 모든 것이 천편일률적이고

덧없음을 발견하게 되리라는 점을 생각하라. 게다가 이런 덧없는 것들을 자랑스럽게 여겼다는 점도 생각하라.

25 의견을 밖으로 던져버려라. 너는 구원받을 것이다. 의견을 밖으로 던져버리는 것을 누가 막는단 말인가?

26 네가 무엇인가를 불쾌히 여긴다면, 너는 첫째, 모든 일은 보편적 자연에 맞게 일어나며, 둘째, 잘못은 남에게 있으며, 셋째, 일어나는 모든 일은 늘 그렇게 일어났고, 일어날 것이며, 지금도 도처에서 그렇게 일어나고 있으며, 넷째, 개인과 전 인류의 관계가 얼마나 밀접한가를 잊고 있는 것이다. 인류는 피와 씨의 공동체가 아니라 정신의 공동체이다. 너는 또 각자의 정신은 신이고 신에게서 흘러나온 것이며, 그 자신의 것은 아무것도 없으며, 그의 아이와 그의 육신과 그의 혼마저도 신에게서 온 것이며, 모든 것은 의견에 지나지 않으며, 각자는 현재만을 살고 있으며 잃는 것도 현재라는 사실을 잊고 있다.

27 어떤 사건에 몹시 분개했던 자들과, 명성이나 재앙이나 적개심이나 어떤 종류의 운명 때문에 세인의 주목을 끌었던 자들을 끊임없이 상기하라. 그러고 나서 "그것들은 지금 어디 있지?" 하고 생각해보라. 연기요 재요 옛이야기이거나 옛이야기도 못 되는 경우도 있다. 다음의 경우도 떠올려보라. 시골에서 파비우스 카툴리누스가 무엇을 추구했으며, 자기 정원에서 루시우스 루

푸스가 무엇을 했는지,[3] 바이아이에서 스테르티니우스가, 카프레아이에서 티베리우스가, 벨리우스 루푸스가 무엇을 추구했는지 말이다. 그것은 간단히 말해 허영심과 결합된 기벽이다. 그들이 그토록 추구하던 것이 얼마나 무가치한 것이었는지 생각해보라. 그리고 주어진 여건에서 올바르고 신중하고 신들에게 순종하는 자신의 모습을 보여주는 것이 얼마나 철학자다운 것인지 생각해보라. 자만심 중에서도 자만심에서 벗어난 체하는 자만심이 가장 참기 어렵다.

28 "너는 대체 어디서 신들을 보았기에, 또는 신들이 존재한다는 것을 어떻게 알았기에 신들을 그토록 공경하는가?"라고 묻는 자들에게 다음과 같이 대답하라. 첫째, 신들은 맨눈으로도 보인다.[4] 둘째, 나는 아직 내 혼을 본 적이 없지만 그럼에도 내 혼을 존중한다. 마찬가지로 신들의 경우에도, 나는 신들의 권능을 매번 경험함으로써 신들이 존재한다는 것을 알기에 신들을 공경한다.

29 개별 사물의 전체적인 실체와 그 질료와 원인을 꿰뚫어보고, 온 마음으로 올바른 것을 행하고 진실을 말하는 데 인생의 구원이 달려 있다. 조그만 틈도 남지 않을 만큼 선행에 선행을 이어붙임으로써 인생을 즐기는 것말고 또 무엇이 남아 있겠는가?

30 벽과 산과 무수히 많은 다른 장애물에 막힌다 해도 햇빛은 하나

뿐이다. 공통된 실체는 개별적 특징을 지닌 무수히 많은 개체로 나뉘지만 하나뿐이다. 이성적인 혼은 나뉜 것처럼 보여도 하나뿐이다. 그런데 앞서 말한 것들의 다른 부분들, 이를테면 호흡과 사물들의 물질적 토대는 지각 능력이 없고 서로 간에 유대도 없다. 그것들은 이성과 같은 목표를 지향하는 중력으로 결합되어 있다. 그러나 정신은 나름대로 같은 부류에게 이끌려 같은 부류와 결합하며, 공동체 감정은 결코 방해받지 않는다.

31 너는 무엇을 바라는가? 영생하고 싶은가? 감각을 갖고 싶고, 충동도 느끼고 싶은가? 성장하다 다시 멈추고 싶은가? 목소리를 사용하고 싶은가? 생각하고 싶은가? 이 가운데 어느 것이 바람직해 보이는가? 만일 네가 원하는 것들이 하나같이 경멸스러운 것이라면, 이성과 신에 대한 순종이라는 마지막 목표를 향해 나아가라. 그러나 네가 원하는 것들을 높이 평가하고, 죽음이 우리에게서 그런 것들을 앗아갈까 슬퍼하는 것은 이런 목표와는 상반된다.

32 각자에게 할당된 것은 무한하고 헤아릴 수 없는 시간의 얼마나 작은 부분인가? 그것은 순식간에 영원 속으로 사라져버리니 말이다. 보편적 실체의 얼마나 작은 부분이며, 보편적 혼의 얼마나 작은 부분인가? 전 대지의 얼마나 작은 흙덩이 위를 너는 기어다니는가? 이 모든 것을 명심하고, 네 본성이 이끄는 대로 행하고, 보편적 본성이 가져다주는 것을 참는 것 외에 어떤 것도

위대하다고 여기지 마라.

33 지배적 이성은 자기 자신을 어떻게 사용하는가? 모든 것이 그 이성이 자신을 어떻게 사용하느냐에 달려 있다. 나머지는 네 뜻에 달려 있든 없든 모두 생명 없는 재이며 연기이다.

34 쾌락을 선으로, 고통을 악으로 여기는 자들도 죽음을 경멸했다는 것은 죽음을 경멸하는 데 가장 효과적이다.[5]

35 적절한 때에 발생하는 것이어야 선하다고 여기는 사람, 올바른 이성에 따르기만 한다면 자신의 행위가 많든 적든 마찬가지라고 여기는 사람, 세상을 보는 기간이 더 길든 더 짧든 차이를 두지 않는 사람에게 죽음은 무서운 것이 아니다.

36 인간이여, 너는 이 거대한 국가〔세계〕의 시민이었다. 시민인 때가 5년 동안이든 100년 동안이든 그게 너와 무슨 상관이냐? 그 도시의 법규에 맞게 사는 것은 모두 마찬가지이다. 그렇다면 폭군이나 공정하지 못한 재판관이 아니라, 너를 그 국가로 데려다 준 자연이 너를 그 도시에서 내보내기로서니 뭐가 가혹한 일이란 말인가? 그것은 관리[6]가 배우[7]를 고용했다가 무대에서 해고하는 것과도 같다.[8] "하지만 나는 5막이 아니라 3막만을 연기했을 뿐이오." 좋은 표현이다. 그러나 네 인생에서는 3막이 연극 전체이다. 왜냐하면 언제 끝날지 결정하는 것은, 전에는 너의

구성에, 지금은 너의 해체에 책임이 있는 자의 몫이기 때문이다. 너는 어느 쪽에도 책임이 없다. 그러니 호의를 품고 떠나라. 너를 해고하는 자도 호의를 품고 있다.

옮긴이 주

I권

1 베루스(Marcus Annius Verus ?~기원후 138년)는 마르쿠스 아우렐리우스의 할아버지로 기원후 97년, 121년, 126년에 집정관(consul)을 역임했으며, 가문에서 처음으로 귀족의 반열에 올랐다. 안토니누스 피우스(Antoninus Pius) 황제에게 입양되기 전에 마르쿠스 아우렐리우스는 이름이 같은 아버지를 여의고 역시 이름이 같은 할아버지에게 입양되었다.

2 "~ 덕분에 ~을 하게 되었다"는 그리스 원전에 없는 정동사를 역자가 넣은 것이다. 제1권은 대개 전치사구와 부정사구로 이루어져 있기 때문이다. "나는 배웠다" 또는 "나는 습득했다"는 말을 넣는 이들도 있다.

3 마르쿠스 아우렐리우스의 어머니 도미티아 루킬라(Domitia Lucilla)는 원로원 의원인 칼비시우스 툴루스(Calvisius Tullus)의 딸로, 어려서 아버지를 여읜 마르쿠스 아우렐리우스 인생에 큰 영향을 주었다.

4 루키우스 카틸리우스 세베루스(Lucius Catilius Severus).

5 이름을 말하지 않은 것으로 미루어 교육을 담당한 노예를 말하는 듯하다.

6 제정 초기부터 원형경기장에서의 전차경주는 네 개의 경마 단체에서 관장했는데, 이들은 소속 마부들에게 각각 백색, 적색, 녹색, 청색 상의를 입혔다고 한다.

7 디오그네토스(Diognetos)는 마르쿠스 아우렐리우스의 미술 선생이었다.

8 그 당시에는 수탉 대신 메추라기를 싸움 붙이기도 했다.

9 박케이오스(Bakcheios)는 아카데메이아학파 철학자이다.

10 탄다시스(Tandasis)에 관해서는 달리 알려진 것이 없으며, 마르키아누스(Marcianus)는 마르쿠스 아우렐리우스에게 법률을 가르쳤다.

11 헬라스(Hellas)는 '그리스'의 그리스어 이름이다.

12 스토아 철학자들.

13 루스티쿠스(Rusticus)는 이름난 스토아 철학자였다.

14 시누엣사(Sinuessa)는 라티움(Latium) 지방 남단에 있는 해안 도시이다.

15 에픽테토스(Epiktetos 기원후 50년경~120년경)는 소아시아 프뤼기아(Phrygia) 지방의 히에라폴리스(Hierapolis) 시 출신의 스토아 철학자로, 로마에 노예로 끌려갔다가 해방되어 네로(Nero)의 비서가 되었다. 그는 로마에서 스토아 철학자 무소니우스 루푸스(Musonius Rufus)의 강의를 들었고, 나중에는 그곳에서 강의를 했다. 나중에 도미티아누스(Domitianus) 황제가 철학자들을 추방하자 그는 그리스의 에페이로스(Epeiros) 지방으로 건너가 그곳에서 여생을 보내며 강의를 했다. 그 강의를 역사가 아르리아누스(Arrianus)가 듣고 『강론』(*Diatribai*)이라는 제목의 책으로 발행했는데 지금은 제8권 중 제4권만 남아 있다. 아르리아누스는 또 나중에 에픽테토스의 철학을 요약하여 『편람』(*Encheiridion*)이라는 제목으로 발행했다. 이 책들은 마르쿠스 아우렐리우스에게 큰 영향을 주었다. 소수의 지식인보다 대중을 위해 강의한 그의 가르침의 요지는 우주는 전지(全知)한 섭리에 따라 최선의 상태로 다스려지고 있으며, 세상 사람은 모두 형제라는 것이다.

16 아폴로니오스(Apollonios)는 그리스 칼키스(Chalkis) 시 출신의 스토아 철학자로, 안토니누스 피우스 황제가 마르쿠스 아우렐리우스의 스승으로 그를 초빙했다.

17 섹스토스(Sextos)는 그리스 보이오티아 지방 카이로네이아(Chaironeia) 시 출신의 아카데메이아학파 철학자인데, 『영웅전』의 작가인 플루타르코스(Ploutarchos)의 조카라고도 하고 손자라고 하는 이도 있다.

18 알렉산드로스(Alexandros)는 소아시아 프뤼기아 지방 출신으로, 마르쿠스 아

우렐리우스와 그의 양아우 베루스에게 문법과 수사학을 가르쳤다.

19 프론토(Fronto)는 북아프리카 출신의 로마 수사학자로, 마르쿠스 아우렐리우스에게 수사학을 가르쳤다.

20 '귀족'의 그리스 원어 eupatridai는 '좋은 아버지에게서 태어난 자들'이라는 뜻이다. 라틴어 patricii(단수형 patricius)도 아버지라는 뜻의 라틴어 pater에서 파생한 말이다.

21 이 알렉산드로스는 소아시아 킬리키아 지방의 셀레우키아(Seleukia) 시 출신 철학자이자 수사학자로, 이때 마르쿠스 아우렐리우스의 비서였다고 한다.

22 카툴루스(Cinna Catulus)는 스토아 철학자라는 것 외에는 알려진 것이 없다.

23 도미티우스(Domitius)는 마르쿠스 아우렐리우스의 외가 쪽 조상이라고 하며, 아테노도토스(Athenodotos)는 앞서 나온 프론토의 스승이었다고 한다.

24 세베루스(Gnaeus Claudius Severus Arabianus)는 기원후 146년 집정관을 지낸 사람이다. 그의 아들이 마르쿠스 아우렐리우스의 맏사위가 되었으니 엄밀히 말해 형제가 아니라 사돈이다.

25 원로원 의원이던 트라세아(Thrasea Paetus)는 네로에게 반대하다가 기원후 66년 자살을 강요당했다.

26 헬비디우스(Helvidius)는 트라세아의 사위로, 베스파니우스 황제 때 이탈리아에서 추방당했다.

27 여기에 나오는 카토(Cato)는 이른바 소(小)카토로, 율리우스 카이사르에게 끝까지 저항하다가 기원전 46년 로마 공화정이 몰락하자 북아프리카 우티카(Uti-ca)에서 자살했다. 스토아 철학자들은 그를 이상적인 현인으로 여겼다.

28 디온(Dion)은 시칠리아 쉬라쿠사이(Syracusae) 시의 귀족으로 플라톤의 친구였다. 그곳의 참주 디오뉘시오스(Dionysios) 2세를 철학자 왕으로 만들려다 실패하고 살해당했다. 디온이 소아시아 비튀니아 지방의 프루사(Prousa) 시 출신 소피스트인 디온 크뤼소스토모스(Chrysostomos '황금 입')를 가리키는 것으로 보는 이들도 있다.

29 브루투스(Brutus)는 소카토의 사위로, 율리우스 카이사르를 암살한 뒤 그리스

필립포이(Philippoi 라/Philippi)에서 옥타비아누스와 안토니우스의 연합군을 맞아 싸우다 패하자 자살했다.

30 막시무스(Claudius Maximus)는 스토아 철학자이다.

31 양부 안토니누스 피우스 황제를 말한다.

32 로마 시대에는 남성간의 동성애가 인정되는 분위기였다.

33 로리움(Lorium)은 지금의 로마 동남쪽에 있던 고대국가 라티움의 소도시로, 그곳의 시골집에서 자란 안토니누스 피우스 황제는 가끔 로리움에 체류했으며, 161년 그곳에서 세상을 떠났다.

34 라누비움(Lanuvium)은 로마 근처의 옛 도시이다.

35 투스쿨룸(Tusculum)은 로마 남동쪽의 옛 도시이다.

36 이와 관련한 상황은 알려져 있지 않다.

37 소크라테스(Sokrates 기원전 469~399년)는 아테나이 출신의 그리스 철학자로, 절대 진리를 추구하는 그의 학설은 제자인 플라톤과 크세노폰의 저서를 통해 부분적으로 재구성되었다. 그는 독특한 문답법으로 대화의 상대방을 곤혹스럽게 한 탓에 적을 많이 만들어, 나라의 신을 불신하고 젊은이들을 타락시킨다는 죄목으로 사형선고를 받아 독배를 마시고 죽었다.

38 주 30 참조.

39 안니아 코르니피키아(Annia Cornificia). 마르쿠스 아우렐리우스는 그녀에게 부모의 유산을 다 물려주었다고 한다.

40 마르쿠스 아우렐리우스는 어려서 아버지를 여읜 뒤 할아버지 집에서 자랐다.

41 그의 양아우이자 공동 황제로 169년에 죽은 루키우스 베루스(Lucius Verus)는 실제로는 난봉꾼이었다고 한다.

42 마르쿠스 아우렐리우스에게는 몇 명의 딸 외에 아들 삼형제가 있었다. 그중 맏이인 베루스와 막내인 안토니누스는 요절하고 콤모두스(Commodus)가 아버지 뒤를 이어 제위에 올랐으나 정신이상의 징후를 보이며 기행을 일삼다가 암살당했다.

43 자연에 따르는 삶은 스토아 철학자들이 추구하는 이상이었다.

44 베네딕타(Benedicta)와 테오도토스(Theodotos)는 로마 황실의 노예였던 것으로 생각된다.

45 그의 어머니 도미티아 루킬라는 156년 약 50세의 나이로 세상을 떠났다.

46 그의 아내 파우스티나(Faustina)는 안토니누스 피우스 황제의 딸인데, 사실은 정숙하지 못했다고 한다.

47 카이에타(Caieta 지금의 Gaeta)는 라티움 지방의 항구도시이다.

48 전체적으로 무슨 뜻인지 알 수 없다.

49 그라누아(Granua)는 지금의 그란(Gran) 강으로, 슬로바키아에서 발원하여 헝가리의 부다페스트 북쪽에서 다뉴브 강과 합류한다.

50 콰디족(Quadi)은 체코 모라비아 지방에 살던 게르만족의 한 부족이다.

51 이 문구를 제1권이 아니라 제2권에 속하는 것으로 보는 이들도 있다.

II 권

1 여기서 '지배적'(hegemonikon)이란 '전체를 지배하는'의 뜻이다.

2 제2권 제3장, 제3권 제14장, 제8권 제3장 참조.

3 스토아 철학자들은 자연에 맞게 살며 세평(世評)에는 무관심했다.

4 테오프라스토스(Theophrastos 기원전 370년경~287년경)는 아리스토텔레스의 제자이자 친구로, 나중에 그의 뒤를 이어 소요학파의 수장이 되었다.

5 기원전 5세기 중엽의 그리스 서정시인 핀다로스(Pindaros)를 말한다. 단편 292(Snell). 플라톤, 『테아이테토스』(*Theaitetos*) 173e 참조.

6 견유학파(犬儒學派 Kynismos)는 안티스테네스(Antistenes)가 창시한 그리스 철학의 한 학파로 무욕과 정신적 독립을 이상으로 삼았다.

7 모니모스(Monimos)는 디오게네스(Diogenes)와 크라테스(Krates)의 제자로, 모든 인식은 의견에 불과하다고 주장했다.

8 카르눈툼(Carnuntum)은 지금의 오스트리아 수도 빈에서 동쪽으로 40킬로미터쯤 떨어져 있으며 교역의 중심지였다.

III 권

1 스토아 철학자들은 더이상 인생의 의무를 수행할 수 없을 경우 자살을 인정했다. 제논과 클레안테스도 자살했고, 후기 스토아 철학자들이 현인으로 여기던 소(小)카토도 자살했다.

2 힙포크라테스(Hippokrates 기원전 460년경~370년경)는 고대 서양의 명의이다.

3 칼다이오이족(Chaldaioi)은 고대 바빌로니아의 사제 계급으로, 천문학과 점성술에 종사했다.

4 알렉산드로스(Alexandros)는 알렉산더 대왕의 그리스어 이름이다.

5 폼페이유스(Gnaeus Pompeius Magnus)는 로마의 정치가이자 장군으로 카이사르, 크랏수스(Crassus)와 더불어 이른바 제1차 삼두정치의 주역이었다.

6 가이유스 율리우스 카이사르(Gaius Iulius Caesar)를 말한다.

7 헤라클레이토스(Herakleitos 기원전 540년경~480년경)는 그리스의 소크라테스 이전 철학자들 가운데 한 명이다.

8 고대의 의사들은 쇠똥에서 열이 나면 몸속의 물기를 제거할 것이라고 믿었다.

9 데모크리토스(Demokritos 기원전 460~357년경)는 소크라테스 이전 철학자들 가운데 한 명으로, 원자론(原子論)의 창시자이다.

10 소크라테스를 독살시킨 아테나이의 민중을 말한다.

11 확실한 출전은 알 수 없다. 플라톤, 『티마이오스』(*Timaios*) 61d 참조.

12 그리스어로 헬라스인들(Hellenes)은 '그리스인들'을 뜻한다.

13 팔라리스(Phalaris)는 기원전 6세기 중엽 시칠리아 아크라가스(Akragas) 시의 참주로 잔인하기로 이름난 폭군이었다.

14 네로(기원후 37~68년)는 로마의 황제로, 이름난 폭군이었다.

IV 권

1 섭리가 우주를 지배한다는 것은 스토아학파의 주장이고, 생명과 우주는 원자들의 우연한 결합으로 생겨났다는 것은 에피쿠로스학파의 주장이다.

2 제2권 제16장, 제4권 제4장, 제10권 제15장, 제12권 제36장 참조.

3 제3권 제10장, 제8권 제21장 참조.

4 제3권 제11장, 제4권 제4장 참조.

5 제2권 제15장, 제4권 제7장, 제12권 제22장 참조. 퓌타고라스학파의 데모크라테스(Demokrates)가 한 말이라고 한다.

6 뤼라(lyra)는 길이가 같은 일곱 개의 현으로 만든 고대 그리스의 발현악기이다.

7 이 시행은 그리스의 희극작가 아리스토파네스(단편 112 Kassel−Austin)에서 인용한 것이다. 케크롭스(Kekrops)는 아테나이를 세웠다는 전설상의 왕이다. 여기서 '제우스의 도시'란 우주를 뜻하는 듯하다.

8 데모크리토스, 단편 B 3(Diels/Kranz).

9 제2권 제16장 참조.

10 아래위가 잇달린, 소매가 짧고 무릎까지 내려오는 고대 그리스의 옷이다.

11 이 부분을 "나는 학문으로 생계를 유지하지만 학문에 충실하지 못하다"라고 읽는 텍스트도 있다.

12 베스파시아누스(Titus Flavius Sabinus Vespasianus 기원후 9~79년. 재위 기간 69~79년)는 플라비아가(gens Flavia) 출신으로는 처음으로 로마 황제가 된 사람이다.

13 트라이야누스(Marcus Ulpius Traianus 재위 기간 98~117년)는 로마 황제다.

14 카밀루스(Camillus), 카이소(Caeso), 볼레수스(Volesus)와 덴타투스(Dentatus)는 모두 로마 공화정 시대의 쟁쟁한 인물들이다.

15 스키피오(Scipio)와 카토 또한 로마 공화정 시대에 명성을 떨친 인물들이다. 여기서는 제2차 포이니 전쟁 때 한니발을 이긴 대(大)스키피오를 말하는지 아니면 그의 손자로 제3차 포이니 전쟁 때 카르타고를 함락한 소(小)스키피오를

말하는지 알 수 없다. 카토도 로마적 검소함과 도덕적 엄격성의 상징인 대카토를 말하는지 아니면 그의 증손자로 율리우스 카이사르의 독재에 항거하여 로마 공화정을 사수하다가 자살한 소카토를 말하는지 알 수 없다.

16 아우구스투스(Augustus '존엄한 자')는 기원전 31년 오랜 내전을 끝내고 로마 초대 황제가 된 옥타비아누스(Gaius Iulius Caesar Octavianus 기원전 64년~기원후 14년)의 존칭이다.

17 하드리아누스(Hadrianus 재위 기간 기원후 117~138년)는 트라이야누스 바로 다음의 로마 황제이다.

18 제1권 주 31 참조.

19 호메로스(Homeros), 『오뒷세이아』(*Odysseia*) 제1권 242행.

20 클로토(Klotho '실 잣는 여자')와 라케시스(Lachesis '나눠주는 여자')와 아트로포스(Atropos '돌이킬 수 없는 여자')의 세 자매는 운명의 여신들이다.

21 제1권 주 15 참조. 에픽테토스, 단편 26(Schenkl). 여기서 인용한 에픽테토스의 말은 현존하는 그의 작품에는 나오지 않는다.

22 죽음은 불행이 아니고, 삶은 선이 아니라는 뜻이다.

23 죽는 것은 아무것도 없고, 모든 것은 변할 뿐이라는 것이다. 헤라클레이토스, 단편 B 76, 71~74(Diels/Kranz).

24 헬리케(Helike)는 그리스 펠로폰네소스 반도 북안에 있던 도시로, 기원전 373년 지진으로 완전히 파괴되어 수몰되었다.

25 폼페이(Pompei)와 헤르쿨라네움(Herculaneum)은 이탈리아 캄파니아 지방에 있던 도시들로, 기원전 79년 베수비우스(Vesuvius) 화산 폭발 때 완전히 매몰되었다.

26 카디키아누스(Cadicianus), 파비우스(Fabius), 율리아누스(Iulianus), 레피두스(Lepidus)에 관해서는 달리 알려진 것이 없지만, 그 당시 장수한 사람들로 생각된다.

27 호메로스, 『일리아스』(*Ilias*)에 나오는 그리스의 노장 네스토르(Nestor)를 말한다.

V 권

1 제2권 제1장 첫머리 참조.

2 아스클레피오스(Asklepios)는 그리스 신화에 나오는 의술의 신이다.

3 그리스어 symbaino에는 '(사건이) 일어나다'는 뜻말고도 '일치하다' '맞다'는 뜻이 있다.

4 그리스의 희극시인 메난드로스(Menandros), 『유령』(*Phasma*) 단편 42(Sandbach).

5 메난드로스의 원전에는 '대소변을 볼'(chesei) 대신 '침 뱉을'(ptysei)로 되어 있다.

6 '생성과 소멸의 주기'를 말한다.

7 제2권 제1장 참조.

8 '신'을 말한다.

9 여기서는 '우주'를 말한다.

10 에픽테토스, 『강론』 제2권 제8장 11절. 도덕적 삶을 살 수 없으니 이 세상을 떠난다는 뜻.

11 호메로스, 『오뒷세이아』 제4권 690행.

12 인생을 군복무 기간으로 본 것에 관해서는 플라톤의 『소크라테스의 변론』(*Apologia Sokratous*) 28d와 『파이돈』(*Phaidon*) 61e 참조.

13 헤시오도스(Hesiodos), 『일과 날』(*Erga kai hemerai*) 197행.

14 '우주'를 말한다.

15 어떤 희극 작품에서 따온 이야기인 듯한데, 정확히는 알 수 없으나 작은 일이라도 최선을 다하라는 뜻인 듯하다.

16 텍스트가 불확실하다. 하찮은 일로 법석을 부린다는 뜻인 듯하다.

17 또는 '어디서 만나도'를 말한다.

VI 권

1 세네카의 『루킬리우스에게 보낸 도덕 서한들』(*Epistulae morales ad Lucilium*) 77번 19절 참조. "'죽는 것도 삶의 의무 가운데 하나라는 것'을 그대는 모르시오?"

2 호메로스, 『일리아스』 제7권 99행.

3 팔레르누스(Falernus ager)는 이탈리아 라티움 지방과 캄파니아 지방의 경계에 있는 구릉 지대로, 포도주 산지로 유명하다.

4 그가 무슨 말을 했는지는 기록이 남아 있지 않아 알 수 없다. 크라테스(Krates)는 견유학파 철학자이다. 크세노크라테스(Xenokrates)는 플라톤의 제자로, 훗날 아카데메이아학파의 수장이 되었다.

5 제1권 제16장 참조.

6 감각적 쾌락이나 부 같은 것은 악인들도 즐길 수 있기에 진정한 선이 아니라는 뜻이다.

7 그리스어로 '유럽'을 말한다.

8 아토스(Athos)는 마케도니아 지방에 있는 산으로, 최고봉은 2,033미터이다.

9 헤라클레이토스, 단편 B 75(Diels/Kranz) 참조.

10 크뤼십포스(Chrysippos), 『옛 스토아 철학자들의 단편들』(*Stoicorum Veterum Fragmenta*) II 1181. "희극에는 그 자체로 보면 저속하지만 작품 전체에 어떤 매력을 주는 시행들이 포함되어 있듯이, 악덕도 그 자체로는 나무랄 수 있겠지만 전체로서의 우주에 무익한 것은 아니다." 크뤼십포스(기원전 280년경~207년)는 스토아 철학의 창시자 제논의 후계자인 클레안테스(Kleanthes)의 제자로, 나중에 스토아학파의 수장이 되었으며 스토아 철학의 이론을 체계적으로 정립했다.

11 곡물의 여신 데메테르(Demeter)를 말한다.

12 필리스티온(Philistion)과 포이보스(Phoibos)와 오리가니온(Origanion)에 관해서는 달리 알려진 것이 없으나, 마르쿠스 아우렐리우스와 동시대인이었던 것

같다.

13 에우독소스(Eudoxos)는 플라톤의 제자이자 친구로 이름난 천문학자이다.

14 힙파르코스(Hipparchos)는 기원전 2세기의 천문학자이다.

15 아르키메데스(Archimedes)는 고대 세계의 가장 저명한 수학자로, 기원전 3세기에 활동했다.

16 메닙포스(Menippos)는 디오게네스의 제자로 견유학파 철학자이며 풍자시도 썼다고 하는데 지금은 남아 있지 않다.

17 리트라(litra)는 로마의 무게 단위로 1리트라는 약 327그램이다.

18 '본성'의 그리스어 physis는 영어의 nature처럼 '자연'이라는 뜻도 있어, 문맥에 따라 '본성' 또는 '자연'으로 옮겼다.

VII 권

1 그리스어로 eudaimonia('행복')는 원래 '선한 수호신(daimon) 만나기'라는 뜻이 있다.

2 데모크리토스, 단편 B 9, 117, 125 참조.

3 이 문장은 텍스트가 확실하지 않고, 해석도 구구하다.

4 플라톤, 『국가』(*Politeia*) 486a.

5 안티스테네스, 단편 20b(Caizzi). 안티스테네스(Antisthenes 기원전 445년경~360년경)는 소크라테스의 제자이자 친구로, 견유학파의 창시자이다.

6 에우리피데스(Euripides), 『벨레로폰테스』(*Bellerophontes*) 단편 287, 1행(Nauck) 이하 참조.

7 출전 미상.

8 에우리피데스, 『힙쉬퓔레』(*Hypsipyle*) 단편 757, 6행(Nauck) 이하.

9 에우리피데스, 『안티오페』(*Antiope*) 단편 207, 1~2행(Nauck).

10 에우리피데스, 작품 제목 미상, 단편 910(Nauck).

11 출전 미상.

12 플라톤, 『소크라테스의 변론』 28b.

13 같은 책 28d.

14 플라톤, 『고르기아스』(*Gorgias*) 512d~e.

15 다음 말은 플라톤의 것이 아니다. 플라톤의 말인데 전승되지 않았을 수도 있고, "플라톤의 말은 훌륭하다"는 문구는 나중에 삽입된 것으로 제46장을 가리키는 것이 아닌가도 생각된다.

16 그리스어 dialysis는 '이혼'으로 옮길 수도 있다.

17 에우리피데스, 『크뤼십포스』(*Chrysippos*) 단편 839, 9~11행(Nauck).

18 에우리피데스, 『탄원하는 여인들』(*Hiketides*) 1110~1111행.

19 출전 미상.

20 마지막 문장은 텍스트가 불완전하다.

21 플라톤, 『국가』 412e~413a, 『소피스테스』(*Sophistes*) 228c 참조. 그러나 이 문장은 에픽테토스가 나름대로 손본 것이다. 『강론』 제1권 제28장 4절.

22 에피쿠로스, 단편 447(Usener).

23 텔라우게스(Telauges)는 퓌타고라스의 전설적인 아들이다.

24 플라톤, 『향연』(*Symposion*) 220a~d 참조.

25 플라톤, 『소크라테스의 변론』 32c 참조.

26 아리스토파네스, 『구름』(*Nephelai*) 362행.

VIII 권

1 '율리우스 카이사르'를 말한다.

2 디오게네스(Diogenes)는 기원전 4세기에 활동한 그리스의 철학자로, 안티스테네스와 더불어 무욕(無慾)과 정신적 독립을 중시하는 견유학파의 창시자가 되었다. 그는 무욕과 정신적 독립에 이르기 위해서는 전통적인 의미의 염치지심을 버려야 한다고 주장함으로써 '개'(그리스어로는 kyon)라는 별명이 붙었는데, 거기에서 견유학파 철학자(kynikos)라는 이름이 생겨났다.

3 스토아학파는 철학을 논리학, 윤리학, 자연학의 세 분야로 나누었다.

4 루킬라(Lucilla)는 마르쿠스 아우렐리우스의 생모(生母)이다.

5 베루스(Verus)는 마르쿠스 아우렐리우스의 생부이다.

6 원전에는 동사가 생략되어 있어 문맥에 따라 보완한 것이다.

7 막시무스는 마르쿠스 아우렐리우스의 스승이다(제1권 제15장 참조). 세쿤다(Secunda)는 그의 아내이다.

8 에피튕카노스(Epitynchanos)와 디오티모스(Diotimos)에 관해서는 달리 알려진 것이 없다.

9 안토니누스 피우스는 로마의 황제로, 마르쿠스 아우렐리우스의 양부이다. 파우스티나(Faustina)는 그의 아내이다.

10 켈레르(Keler)는 마르쿠스 아우렐리우스의 수사학 선생이다.

11 하드리아누스는 로마의 황제이다. 그러나 동명의 소피스트라고 보는 사람도 있다.

12 카락스(Charax)와 데메트리오스(Demetrios)와 에우다이몬(Eudaimon)에 관해서는 달리 알려진 바가 없다.

13 아그립파(Marcus Vipsanius Agrippa)는 아우구스투스의 평생지기로, 기원전 31년 악티움 해전에서 안토니우스와 클레오파트라의 연합 함대를 격파하는 데 결정적인 역할을 했다.

14 아레이오스(Areios)는 아우구스투스의 궁전에 머물던 스토아 철학자이다.

15 마이케나스(Maecenas)는 아우구스투스의 절친한 친구이며, 베르길리우스(Vergilius), 호라티우스(Horatius), 프로페르티우스(Propertius) 등의 시인을 발굴하고 후원한 사람으로 유명하다.

16 판테이아(Pantheia)는 마르쿠스 아우렐리우스와 공동 황제였던 베루스가 총애하던 창녀이다.

17 페르가모스(Pergamos)는 베루스의 해방노예였던 것 같다.

18 카브리아스(Chabrias)와 디오티모스(Diotimos)에 관해서는 알려진 바 없다.

19 이 부분은 텍스트가 불확실하며, '그'가 누구인지도 알 수 없다.

20 엠페도클레스, 단편 B 27, 4와 28, 2(Diels/Kranz). 구체는 정신의 완전한 자주독립을 상징한다.

21 '햇살'이라는 뜻의 그리스어 aktines(단수형 aktis)는 '어스름' '빛' '광휘'라는 뜻의 고대 인도어 aktus에서 유래했다.

22 화살은 장애물을 만날 수 있지만, 이성은 그렇지 않다는 뜻이다.

IX 권

1 제7권 제29장, 제9권 제38장 참조.

2 제4권 제41장 참조.

3 호메로스, 『오뒷세이아』 제11권 219행 이하 참조.

4 플라톤, 『국가』 참조.

5 필립포스(Philippos)는 마케도니아의 왕으로, 알렉산드로스 대왕의 아버지이다.

6 데메트리오스(Demetrios)는 아테나이의 친(親)마케도니아적 정치가이자 웅변가이다. 팔레론(Phaleron)은 아테나이의 외항(外港) 가운데 하나이다.

7 '철학이 하는 일'(to philosophias ergon)이란 여기서 '철학자의 삶'이라는 뜻인 듯하다.

8 제7권 제29장 참조.

9 제4권 제27장, 제6권 제10장, 제7권 제32장, 제12권 제14장 참조.

X 권

1 '자연'을 말한다.

2 '복 받은 자들의 섬들'(makaron nesoi) 또는 '엘뤼시온 들판'(Elysion pedion)은 그리스 신화에서 소수의 복 받은 자들이 죽지 않고 옮겨가 산다는 섬들로, 대지의 서쪽 오케아노스(Okeanos) 강가에 있는 것으로 믿어졌다.

3 사르마테스족(Sarmates)은 그 무렵 도나우 강 하류 지역에 거주하던 이란계 유

목 민족이다.

4 C.R. Haines의 영어판을 따라 genetai라고 읽지 않고 J. Dalfen(참고문헌 참조)을 따라 psegethai('폄하되다')로 읽었다.

5 에우리피데스, 단편 898(Nauck).

6 이 부분은 텍스트가 손상되어 있다. '마찬가지'란 '도시에서와 마찬가지'라는 뜻인 듯하다.

7 플라톤, 『테아이테토스』(*Theaitetos*) 174d 참조. 이 부분은 텍스트가 손상되어 있어 의미 연관이 분명하지 않다.

8 크로이소스(Kroisos)는 뤼디아의 마지막 왕으로, 큰 재물을 모았으나 기원전 547~546년 페르시아의 대(大)퀴로스(Kyros)에게 패망한다.

9 이 가운데 크세노폰(Xenophon)은 소크라테스의 제자이고, 크리톤(Kriton)은 소크라테스의 친구이다. 에우프라테스(Euphrates)는 소피스트이다. 사튀론(Satyron), 소크라티코스(Sokratikos), 에우튀케스(Eutyches), 휘멘(Hymen), 에우튀키온(Eutychion), 실바누스(Silvanus), 알키프론(Alkiphron), 트로파이오포로스(Tropaiophoros), 세베루스(Severus)에 관해서는 달리 알려진 것이 없다.

10 호메로스, 『일리아스』 제6권 146~149행을 줄인 것이다.

11 같은 곳.

12 지체(肢體)들.

XI 권

1 팡크라티온(pankration '전면적인 싸움'이라는 뜻)은 레슬링과 권투를 합친 격투기로, 이로 깨물거나 상대방의 눈을 후벼내는 것만 금지되었다고 한다.

2 이 부분을 훗날 삽입된 것으로 보는 헤인즈(Haines)의 견해는 지금은 근거 없는 것으로 간주되고 있다.

3 '기독교들의 순교'를 말한다.

4 소포클레스, 『오이디푸스 왕』(*Oidipous tyrannos*) 1391행. 아들이 태어나면 아버

지를 죽이고 어머니와 결혼하게 될 것이라는 신탁에 따라 오이디푸스는 태어나자마자 테바이 근처에 있는 키타이론(Kithairon) 산에 버려졌지만 목자들 손에 구출된다. "아아, 키타이론이여!"는 모든 것이 신탁대로 되었다는 사실을 알고 오이디푸스가 그때 키타이론 산에서 죽지 못한 것을 탄식하는 말이다.

5 에우리피데스, 『안티오페』 단편 207행(Nauck).

6 에우리피데스, 『벨레로폰테스』 단편 289행(Nauck).

7 에우리피데스, 『힙쉬퓔레』 단편 757행(Nauck).

8 고대 그리스의 희극은 시기별로 고희극, 중기 희극, 신희극으로 나뉘는데, 고희극의 아리스토파네스와 신희극의 메난드로스의 작품만 남아 있고, 중기 희극의 작가들과 나머지 다른 희극작가들의 작품은 단편만 일부 남아 있다.

9 제8권 주 167 참조.

10 출전 미상. 신희극 작가 메난드로스의 희극에 나오는 말로 보는 이도 있다.

11 제5권 제16장과 제30장, 제7권 제55장 참조.

12 제8권 제41장, 제12권 제3장 참조.

13 포키온(Phokion)은 기원전 4세기 아테나이의 성공적인 정치가였는데 기원전 318년 반역죄로 사형선고를 받는다. 사형이 집행되기 직전 남기고 싶은 말이 있느냐고 묻자 그는 "나를 죽였다고 아테나이인들에게 원한을 품지는 말라고 내 아들에게 전해주시오"라고 대답했다. 플루타르코스, 『영웅전』 「포키온 전」 36절 참조.

14 무사(Mousa 복수형 Mousai)는 그리스 신화에서 시가(詩歌)의 여신이다. 영어로는 뮤즈(Muse).

15 '무사 여신들의 지휘자'(Mousegetes)란 음악의 신으로서의 아폴론을 말한다.

16 아이소포스(Aisopos=이솝) 우화 243번(Chambry) 참조. 졸역 『이솝 우화』 참조.

17 라미아(Lamia)는 본래 여자 흡혈귀였는데, 나중에는 아이들의 울음을 그치게 하려고 어른들이 아이들을 겁줄 때 부르는 도깨비로 바뀌었다.

18 스파르테인들. 라케다이몬(Lakedaimon)은 라코니케(Lakonike) 지방을 가리킬

때도 있지만, 대개 그 수도인 스파르테(Sparte)를 일컫는다.

19 정확히 말하면, 소크라테스를 초대한 왕은 페르딕카스(Perdikkas)가 아니라 그의 아들인 마케도니아의 아르켈라오스(Archelaos)이다(아리스토텔레스, 『수사학』(*Techne rhetorike*) 1398a 24 참조). 아르켈라오스는 부정한 방법으로 마케도니아의 권력을 장악한 뒤(플라톤, 『고르기아스』 471 참조) 예술의 보호자를 자처하며 많은 예술가를 자신의 궁정에 초빙했는데, 에우리피데스와 아가톤(Agathon)도 기원전 5세기 말 그곳에서 만년을 보냈다.

20 에페소스(Ephesos)는 소아시아 이오니아 지방의 도시로 헤라클레이토스의 고향이다. Ephesion('에페소스인들의') 대신 Epikoureion('에피쿠로스학파의')으로 읽는 텍스트도 있는데, 그 이유는 세네카가 이 구절을 에피쿠로스가 말한 것이라고 주장하기 때문이다. 세네카, 『도덕 서한집』 11번 8절과 에피쿠로스, 단편 210(Usener) 참조.

21 크산팁페(Xanthippe)는 소크라테스의 아내로, 평생 동안 남편을 이해하지 못한 탓에 바가지 긁는 아내의 대명사가 되었다.

22 무슨 말을 했는지 확실히 알 수 없지만, 옷이 사람의 가치를 결정하는 것은 아니라는 뜻인 듯하다.

23 출전 미상. 여기서 '이성'이라고 번역한 그리스어 logos에는 '말' '언변'이라는 뜻도 있어서 '언변'이라고 번역하는 이도 있다. 어떤 맥락에서 이런 말을 하는지 알기 어렵다. 제31장도 마찬가지이다.

24 호메로스, 『오뒷세이아』 제9권 413행.

25 헤시오도스, 『일과 날』 185행. 원전에는 '미덕'(arete)이라는 말이 없다.

26 33~35장은 에픽테토스, 『강론』 제3권 제26장 86~93절을 살짝 고친 것이다.

27 같은 책, 제22장 105절.

28 에픽테토스, 단편 27(Schenkl).

29 에픽테토스, 단편 28(Schenkl).

30 출전 미상. 플라톤과 크세노폰의 저술에는 나오지 않는 것으로 보아 지금은 없어진 다른 문헌에 나온 듯하다.

XII 권

1 엠페도클레스, 단편 B27~28 Diels/Kranz. 엠페도클레스(Empedokles)는 기원전 5세기 시칠리아의 아크라가스(Akragas)에서 태어난 그리스 철학자이다.

2 제8권 제41장, 제11권 제12장 참조.

3 파비우스 카툴리누스(Fabius Catullinus), 루시우스 루푸스(Lusius Lupus), 스테르티니우스(Stertinius), 벨리우스 루푸스(Velius Rufus)에 관해서는 달리 알려진 것이 없지만 아마도 무척 사치스러운 생활을 한 듯하다. 티베리우스는 로마의 황제로 만년에 나폴리 앞바다에 있는 카프레아이(Capreae 지금의 Capri) 섬을 자주 찾았다고 한다. 바이아이(Baiae)는 나폴리 서쪽에 있는 휴양도시이다.

4 '별들'을 뜻하는 것 같다. 플라톤, 『법률』(*Nomoi*) 제10권 855e 참조.

5 키케로, 『투스쿨룸 담론』(*Tusculanae disputationes*) 제5권 119~120절.

6 제정 때는 주로 법정관(法政官 praetor)이 축제를 관장했다.

7 정확하게는 희극배우.

8 인생을 한 편의 연극으로 보는 것과 관련해서는 키케로, 『노년에 관하여』(*De senectute*) 70절 참조.

참고문헌

텍스트와 번역서

Farquharson, A.S.L.: *The Meditations of the Emperor Marcus Antoninus*, ed. with translation and commentary by A.S.L. Farquharson, 2vols. Oxford 1944.

Haines, C.R.: *Marcus Aurelius Antoninus the Emperor TO HIMSELF*, edited and translated by C.R. Haines, (Loeb Classical Library) Harvard University Press 1916.

Nickel, R.: *Marc Aurel, Wege zu sich selbst*, hrsg. ünd ubersetzt von Rainer Nickel, (Artemis & Winkler Verlag) Düsseldorf/Zürich ^{2}1998.

Theiler, W: *Kaiser Marc Aurel, Wege zu sich selbst*, hrsg. und übertragen von Willy Theiler, Zürich 1951.

Dalfen, J.: *Marci Aureli Antonini Ad se ipsum*, edidit Joachim Dalfen, (Bibilotheca Teubneriana) Leipzig ^{2}1987(대역본이 아니라 텍스트만 있는데 자세한 참고문헌 소개와 용어 색인이 있음).

Capelle, W: *Marc Aurel, Selbstbetrachtungen*, übertragen von Wilhelm Capelle, (Kröners Taschenausgabe;Band 4) Stuttgart ^{12}1973.

Hays, G.: *Marcus Aurelius Meditations*, translated with an introduction by Gregory Hays, (Modern Library) New York 2003.

Wittstock, A.: *Des Kaisers Marcus Aurelius Antoninus Selstbetrachtungen*, Übersetzung, Einleitung und Anmerkungen von Albert Wittstock, (Philipp Reclam) Stuttgart 1949.

연구서

Birley, A.R.: *Marc Aurel, Kaiser und Philosoph*, München ²1977.

Brunt, P.A.: *Marcus Aurelius in his Meditations*, in: *Journal of Roman Studies* 64, 1974, 1~20.

Farquharson, A.S.L.: *Marcus Aurelius, his Life and his World*, Oxford ²1952.

Hadot, P.: *Les Pensées de Marc Aurele*, Bull. Budé 1981, 2, 183~191.

Hanslik, R.: Artikel Marcus, in: *Der Kleine Pauly*. Band 3, 1009~1013.

Klein, R. (Hrsg): *Marc Aurel*, Darmstadt 1979 (Wege der Forschung 550).

Neuenschwander, R.H.: *Mark Aurels Beziehungen zu Seneca und Poseidonios*, Bern/Stuttgart 1951.

Rutherford, R.B.: *The Meditations of Marcus Aurelius*, Oxford 1989.

Stanton, G.R.: *Marcus Aurelius, emperor and philosopher*, in: *Historia* 18, 1969, 570~587.

스토아 철학

Long, A.A.: *Hellenistic Philosophy*, (Duckworth) London 1974.

Long, A.A./Sedley, D.N.: *The Hellenistic Philosophers*, Cambridge 1987.

Pohlenz, M.: *Die Stoa, Geschichte einer geistigen Bewegungen*, 2 Bde, Göttingen ⁷1992.

Rist, J.M.: *Stoic Philosophy*, Cambridge 1969.

Sandbach, F.H.: *The Stoics*, (Chatto and Windus) London ²1989.

찾아보기

ㅅ

ㅇ

ㅈ

ㅋ

천병희(1939~2022)

서울대학교 독어독문학과를 졸업하고 같은 대학원에서 문학박사 학위를 받았다. 독일 하이델베르크 대학교에서 5년 동안 독문학과 고전문학을 수학했으며 북바덴 주정부가 시행하는 희랍어 검정시험(Graecum)과 라틴어 검정시험(Großes Latinum)에 합격했다. 고전 번역가로 활동하며 그리스 문학과 라틴 문학을 원전에서 우리말로 옮기는 작업에 매진하며 고전의 아름다움과 가치를 전달하는 역할을 수행했다. 원문의 깊이와 의미를 충실히 전달하면서도, 한국 독자들이 쉽게 이해할 수 있는 문장으로 번역했다는 평가를 받는다. 대표적인 원전 번역으로는 호메로스의 『일리아스』와 『오뒷세이아』, 헤시오도스의 『신들의 계보』, 베르길리우스의 『아이네이스』, 오비디우스의 『변신이야기』 『로마의 축제들』, 아폴로도로스의 『원전으로 읽는 그리스 신화』, 『아이스퀼로스 비극 전집』, 『소포클레스 비극 전집』, 『에우리피데스 비극 전집』, 『아리스토파네스 희극 전집』, 『메난드로스 희극』, 『그리스 로마 에세이』, 헤로도토스의 『역사』, 투퀴디데스의 『펠로폰네소스전쟁사』, 크세노폰의 『페르시아 원정기』, 플라톤의 『국가』 『법률』 『소크라테스의 변론/크리톤/파이돈/향연』 『고르기아스/프로타고라스』, 아리스토텔레스의 『니코마코스 윤리학』 『정치학』 『수사학/시학』 등 다수가 있으며, 주요 저서로 『그리스 비극의 이해』 등이 있다.